NEBELMEER
[DAS WEISSE
MEER]
E
R
CHISIRO
Enat
V
YEDEAS
Lorej
Lyecenthe
ENDRA
Kari
A
D]
TINALTAN
Marui
FAYAGIR

Astrid Vollenbruch

# Das Volk im Kristall

Astrid Vollenbruch

Einhornzauber

# Das Volk im Kristall

KOSMOS

»Sonja, bisher bist du vor dem
Spürer weggelaufen«, sagte Ganna.
»Aber diesmal musst du dich ihm
stellen. Sonst haben wir keine
Hoffnung, die Nebeldämonen aus
Parva vertreiben zu können.«

Umschlaggestaltung von Groothuis, Lohfert & Consorten, Hamburg,
unter Verwendung von Fotografien von Panther Media, München
Illustrationen (Karte) von Astrid Vollenbruch



VQ

ISBN: 978-3-440-11356-1
Redaktion: Ina Lutterbüse
Gestaltung und Layout: DOPPELPUNKT Auch & Grätzbach GbR,
Stuttgart
Produktion: Angela List
Printed in the Czech Republic/Imprimé en République tchèque

# Das Neujahrsrennen

Der schwarze Hengst galoppierte die Rennbahn entlang, dass der Schlamm unter seinen Hufen nur so spritzte. Die Nüstern waren weit gebläht, Mähne und Schweif flogen im Wind, die muskulösen Beine griffen weit aus. Der Jockey duckte sich tief auf seinem Rücken. Es war ein herrliches Bild voller Kraft und Anmut. Wie ein Pfeil flog der Hengst am Zielpfosten vorbei – als allerletzter Teilnehmer an diesem Rennen, fast drei Längen hinter dem übrigen Feld.

»Na, frohes neues Jahr auch«, sagte der hagere Mann mit dem Papageienprofil, der Sonja, Melanie und Benarvin während des gesamten Rennens mit seinen bissigen Kommentaren auf die Nerven gegangen war. »Was für ein Anfänger reitet dieses Biest? Den muss man doch richtig hart rannehmen, dann rennt er auch – nicht mal bloß ein bisschen mit der Gerte antippen. Aus dem könnte man ein Rennpferd machen – aber aus Stettenbach kommen ja eh fast nur Schnecken. Rennschnecken!« Er lachte laut. Auch einige der Pferdebesitzer in der Nähe lachten, andere schüttelten nur den Kopf und machten sich auf den Weg zum Führungsring, um sich um ihre Tiere und die Jockeys zu kümmern und dem Sieger zu gratulieren. Der Hakennasige knöpfte seine karierte Jacke zu und folgte ihnen.

»Idiot!«, zischte Melanie hinter ihm her, aber zum Glück hörte er es nicht mehr. »Mach dir nichts draus, Sonja. Der hat doch keine Ahnung!«

»Ich weiß«, sagte Sonja. Sie hatte dem Rennen bibbernd vor

Kälte und atemlos vor Spannung zugesehen und sich heimlich, nur ein ganz kleines bisschen, gewünscht, dass der schwarze Hengst wenigstens nicht als Allerletzter durchs Ziel gehen würde – vielleicht als Dritter oder Vierter? Damit Leute wie dieser Typ mit der Hakennase nicht ganz so schlecht über ihn redeten. Aber ihr Wunsch hatte sich nicht erfüllt. Und obwohl sie wusste, warum der Hengst nicht gewonnen hatte und auch nie ein Rennen gewinnen würde, tat es doch weh, den bösen Bemerkungen zuzuhören und nichts dagegen sagen zu dürfen.

»Vergesst den Kerl«, sagte Ben. »Kommt.«

Sie schoben sich durch die Menschenmenge hindurch. Schneekristalle rieselten aus dem grauen Himmel und setzten sich auf Mänteln und Mützen fest. Unter den Stiefeln hatte sich das Gras in Matsch verwandelt und spritzte bei jedem Schritt hoch. Eigentlich hatten Sonja und Melanie sich für ihr erstes Neujahrsrennen auch richtigen Schnee gewünscht, aber pünktlich einen Tag vor Weihnachten war das Wetter umgesprungen. Innerhalb weniger Stunden war der Dezemberschnee weggetaut und hatte einem nasskalten Regen-Schnee-Geniesel Platz gemacht, das jetzt seit einer Woche anhielt. Es war überhaupt kein gutes Wetter für ein Rennen, und die richtige Saison fing ja auch erst Ende Mai an, aber Ben hatte gesagt, dass sie sich ›Neros‹ Rennen ruhig einmal anschauen konnten.

Und obwohl ›Nero‹ erwartungsgemäß verloren hatte und der Spott der Fachleute Sonja sehr ärgerte, genoss sie es doch aus ganzem Herzen, hier zu sein. Überall roch es nach Pferden, alle Leute waren entweder Pferdebesitzer oder Jockeys oder verstanden wenigstens etwas von Pferden, und sie und Melanie waren nicht nur bloße Zuschauerinnen, sondern gehörten zu der geheimnisvollen, aufregen-

den Welt hinter den Kulissen. Sie hatten das Rennen nicht von der Tribüne, sondern vom grünen Innenplatz der Rennbahn aus verfolgt, und niemand schien sich daran zu stören, dass hier zwei Dreizehnjährige herumliefen und jedes der kostbaren Pferde streichelten, in dessen Nähe sie kamen. Tatsächlich fielen sie kaum auf – der dunkelhäutige, schlanke Ben zog die Blicke schon eher auf sich.
Sie wichen einer großen Gruppe Menschen aus, die den Sieger und seinen Reiter zur Siegerehrung begleiteten. Das Pferd, eine braune Vollblutstute, war zwischen all den Leuten kaum zu sehen. Aber Sonja und Melanie war der Sieger ziemlich egal. Wichtig war nur Nachtfrost – das schwarze Einhorn mit der silbernen Mähne und dem silbernen Schweif, das aus einer anderen Welt stammte, schneller als der Wind laufen konnte und nur hier in der Menschenwelt als schwarzer Hengst ›Nero‹ ein Rennen nach dem anderen verlor. Im Führungsring sah er wie ein ganz normales Pferd aus: schwarz, verschwitzt und bis zum Bauch schlammverklebt. Peter Karz, sein Jockey, führte ihn im Ring herum, hielt ihn aber an, als er Ben und die beiden Mädchen entdeckte.
»Wurde auch Zeit«, knurrte er und warf Melanie die Zügel zu. »Hier! Schafft ihn mir aus den Augen! Ich sag Ihnen, Ben, das war's für mich mit diesem Gaul! Ich mache mir ja meinen Ruf kaputt, wenn ich den weiter reite! Jeder Maulesel läuft besser! Wissen Sie eigentlich, was ich mir hier von den Kollegen anhören muss?«
»Schon gut«, sagte Ben beschwichtigend. »Vielleicht können wir ihn mal bis ins Mittelfeld kommen lassen –«
»Ins Mittelfeld?«, schnaubte Karz. »Was zum Teufel soll ich im Mittelfeld? Dafür werde ich nicht bezahlt! Hören Sie, Ben, wenn ich nicht –«

»Augenblick«, unterbrach Ben und schaute Sonja und Melanie an. »Lasst ihn hier nicht in der Kälte stehen. Führt ihn ein bisschen herum, ja?«
Sie nickten. Sonja nahm die Zügel, Ben half Melanie in den Sattel, und dann verließen die beiden Männer den Führungsring, um sich zu unterhalten. Sonja streichelte den glatten schwarzen Hals und schob ihre Hände unter die dichte Mähne, während sie ›Nero‹ im Kreis führte. Brav wie ein Karrengaul trottete er hinter ihr her.
»Muss es denn immer der allerletzte Platz sein?«, flüsterte sie in sein schwarzes Ohr und hoffte, dass Melanie es nicht hörte. Er schaute sie an, und sie hörte seine vertraute Stimme in ihrem Kopf. *Vielleicht ändere ich es beim nächsten Rennen. Ist es dir so wichtig?*
Sie presste die Lippen aufeinander.
Er schnaubte und streifte leicht ihre Hand mit seinem Maul. *Lass sie doch lachen. Mir tut es nicht weh.*
Aber mir, dachte sie, sprach es aber nicht laut aus. Sie war immer eine Außenseiterin gewesen, ausgeschlossen und verspottet, und es war nicht leicht, über so etwas einfach hinwegzugehen. Auch dann nicht, wenn es nötig war, um Nachtfrosts Geheimnis zu bewahren. Ihm machte es nichts aus, aber es wäre schön – aber auch das sagte sie nicht laut –, zur Abwechslung mal nicht zu verlieren.
Er stupste sie leicht an. *Du weißt doch, wer ich bin. Und ich weiß, wer du bist. Wir müssen niemandem etwas beweisen.*
»Ich weiß«, murmelte sie.
»Was hat er gesagt?«, fragte Melanie.
»Dass wir niemandem etwas beweisen müssen«, sagte Sonja leise.
»Stimmt«, sagte Melanie fröhlich. »Immerhin sind wir die Heldinnen von Parva, ey.«

Da musste Sonja doch lachen. »Ja, irgendwie schon.«
*Na also,* sagte Nachtfrost und trottete geduldig wie ein Zirkuspferd weiter im Kreis herum, während hundert Meter weiter die Leute ein ganz gewöhnliches Rennpferd feierten und nicht ahnten, dass sich ganz in ihrer Nähe ein echtes Einhorn aufhielt – ein Wanderer zwischen den Welten, ein Bote der Göttin Aruna und Sonjas allerbester Freund.
»He, ihr!«
Sie zuckten zusammen und schauten sich um. Am Zaun des Führungsringes stand der unangenehme Mann in der Karojacke. »Ihr Mädchen da! Kommt mal her!«
Nachtfrost legte die Ohren flach an den Kopf. Sonja schaute sich nach Ben um, aber er war nirgends zu sehen.
»Seid ihr taub? Jetzt kommt schon her!«
Widerwillig gehorchten sie und stapften durch den Sand des Führungsringes zu ihm hin.
Der Hakennasige musterte das schwarze, verdreckte Pferd und machte ein angewidertes Gesicht. »Stellt ihn mal gerade hin, ich will ihn mir ansehen.«
»Er soll nicht stehen«, antwortete Melanie trotzig. »Schließlich soll er sich nicht erkälten.«
»Du Rotznase, bildest du dir etwa ein, mehr Ahnung von Pferden zu haben als ich? Die paar Sekunden werden ihm nicht schaden.« Er schaute ›Nero‹ von oben bis unten an – von den funkelnden Augen und den flach angelegten Ohren bis zum peitschenden Schweif. »Habe ich es mir doch gedacht. Viel zu verspannt. Völlig steif im Rücken. Wird wohl nie ordentlich mit Kandare und Sporen geritten, was? Kein Wunder, dass er auf der Bahn läuft wie eine schwangere Kuh! Der Jockey taugt nichts, und der Besitzer ist ein Esel. Oder eine Eselin, was? Haha!« Er lachte so plötzlich laut los, dass Nachtfrost scheute und Melanie fast

aus dem Sattel rutschte. Der Mann achtete nicht darauf. »Er kommt doch von Gut Stettenbach, richtig?«
Sonja nickte nur, während sie Nachtfrosts Hals streichelte und sich wünschte, dieser ekelhafte Kerl möge verschwinden. Am besten durch ein bodenloses Loch im Erdboden.
»Ich sag's ja immer, Frauen haben im Pferdesport nichts zu suchen«, fuhr er abfällig fort. »Die verstehen einfach nichts von den Gäulen. Hart rannehmen muss man die, den Willen brechen! Dann laufen die auch!«
»Was ist hier los, Sonja?« Wie aus dem Nichts stand plötzlich Ben neben dem Mann. »Führt ihn noch ein paar Runden herum und bringt ihn dann zum Wagen, ja?«
Sonja nickte erleichtert und führte Nachtfrost rasch weg. Bei den nächsten drei Runden achtete sie darauf, dem Mann nicht mehr zu nahe zu kommen. Da er sehr laut sprach, verstand sie aber trotzdem jedes Wort.
»Und wer sind Sie?«, fragte der Hakennasige Ben grob. »Versuchen Sie bloß nicht, mir einzureden, Sie wären Frau von Stetten und hätten hier was zu sagen. Das nehme ich Ihnen nämlich nicht ab.«
»Das können Sie halten, wie Sie wollen«, erwiderte Ben. »Ich arbeite für Frau von Stetten und vertrete sie hier.«
»Ah«, sagte der Mann in abfälligem Ton. »Und wo ist Ihre Chefin? Macht sich wohl nicht mehr die Mühe, dem Gaul beim Verlieren zuzusehen, was? Ich sag Ihnen was – machen Sie Wurst aus dem Vieh! Schicken Sie ihn in Rente! Oder verkaufen Sie ihn an jemanden, der was von Pferden versteht! Jemanden, der daraus noch etwas machen kann!«
»An Sie zum Beispiel?«
»Zum Beispiel. Ich biete Ihnen zweitausend Euro.«
»Ich werde Frau von Stetten über Ihr Angebot informieren, sobald ich sie sehe«, antwortete Ben kühl.

»Tun Sie das. Und sorgen Sie dafür, dass sie einwilligt! Bei dem Gaul juckt es mich in den Fingern – den will ich unterm Sattel haben! Dem zeige ich, wie man richtig rennt!«
»Wie heißen Sie?«, fragte Ben.
»Trischer. Josef Trischer. Wissen Sie was – ich schreibe Ihnen gleich hier einen Scheck aus und erspare Ihnen die Mühe, den Gaul selber abzutransportieren. Habe meinen Transporter immer dabei – für alle Fälle, haha!«
Sonja und Melanie zuckten entsetzt zusammen. Sie hatten dem Gespräch halb angewidert, halb belustigt zugehört, aber das ging eindeutig zu weit! Zum Glück war Ben der gleichen Meinung. »Kommt nicht infrage. Das Pferd ist nicht zu verkaufen.«
»Blödsinn!«, rief Trischer. »Jedes Pferd ist zu verkaufen! Na schön, ich lege noch einen Tausender drauf – als Extrascheck für Sie, in Ordnung?« Schon zückte er sein Scheckheft und fing an, darin herumzukritzeln.
Ben hatte sich schon halb abgewandt, aber jetzt drehte er sich wieder zu ihm um. »Haben Sie mir nicht zugehört? Das Pferd ist nicht zu verkaufen! Und an Sie schon gar nicht. Vor zehn Jahren hat man Ihnen wegen Tierqälerei lebenslanges Platzverbot auf allen Rennbahnen des Landes erteilt. Ihnen würden wir nicht einmal ein ausgestopftes Pferd verkaufen, geschweige denn ein lebendiges.«
Der hagere Mann lief dunkelrot an, schnappte nach Luft und schaute sich hastig um, aber es waren keine Zuhörer mehr in der Nähe. Wutentbrannt starrte er Ben ins Gesicht und zischte: »Das werden wir ja sehen. Ich kriege den Gaul – und Sie können demnächst in Afrika wieder Kühe hüten! Solche wie Sie wollen wir hier nicht haben!« Ohne auf eine Antwort zu warten, packte er sein Scheckheft wieder ein, drehte sich um und ging weg.

Ben betrat den Führungsring und stapfte auf Sonja, Melanie und Nachtfrost zu. Er sah sehr ernst aus. »Tut mir wirklich leid«, sagte er. »Solche Szenen gab's schon öfter, aber ich hatte eigentlich gehofft, ihr würdet sie bei eurem ersten Rennen nicht mitbekommen. Ist alles in Ordnung?«
»Geht so«, sagte Melanie. »Wer war dieser widerliche Typ?«
»Trischer? Vor vielen Jahren war er mal ein sehr bekannter Jockey. Aber dann geriet er in die Schlagzeilen, weil er seine Pferde misshandelte, und wurde auf Lebenszeit als Jockey gesperrt. Ich hatte keine Ahnung, dass er heute hier sein würde. Und es macht mir ein wenig Sorgen, dass er wieder auf Pferdesuche ist.«
Sie erschauerten. »Kann er Nachtfr– Nero denn etwas tun?«, fragte Sonja beklommen. »Er kann dich doch nicht zwingen, ihn zu verkaufen!«
»Das nicht. Aber er könnte uns trotzdem Ärger machen, jetzt, wo Asarié nicht mehr da ist.« Ben schüttelte den Kopf. »Warten wir's ab. So ganz schutzlos sind wir ja nicht, auch wenn ich meine kleinen Tricks nur sehr ungern einsetze. Kommt, wir fahren nach Hause. Mir ist kalt.«
›Nero‹ trottete brav in den Pferdetransporter, Sonja und Melanie kletterten ins Führerhaus und schnallten sich auf dem Beifahrersitz an, und Ben fuhr vorsichtig los. Der Wagen rumpelte von der Rennbahn und bog in die lange Straße ein, die zur Autobahn führte.
»Warum muss er überhaupt bei diesen Rennen mitmachen?«, fragte Sonja. »Warum kann er nicht einfach zu Hause bleiben? Dann würde doch auch niemand auf ihn aufmerksam werden.«
»Es war Asariés Idee«, erwiderte Ben. »Sie war der Meinung, dass kein Mensch sich für einen Verlierer interessieren würde. Aber langsam frage ich mich, ob nicht gerade

das allmählich zu auffällig wird. Und da Peter sagt, dass er ihn nicht mehr reiten will, können wir ihn vielleicht wirklich mit einem anderen Reiter ein paar Plätze nach vorne bringen. Das wäre eine glaubhafte Änderung. Jeder weiß, dass ein Pferd den richtigen Reiter braucht, um eine anständige Leistung zu bringen.«

»Und wer soll ihn reiten?«, fragte Melanie. »Außer Peter haben wir doch gar keinen Jockey!«

»Das überlege ich mir noch«, sagte Ben. »Wenn ihr Lust habt, könnt ihr es ja mal probieren.«

Entgeistert starrten sie ihn an. »Was?«, rief Sonja. »Aber wir sind doch keine Jockeys!«

Ben grinste, sodass seine Zähne in dem dunklen Gesicht aufblitzten. Am Anfang hatte Sonja ihn für einen Afrikaner gehalten, aber inzwischen wusste sie, dass er aus einem der geheimnisvollen Ostländer in Nachtfrosts Welt Araun stammte. Er war ein ›Beobachter‹ – jemand, der Informationen über die Nebeldämonen sammelte, die die magischen Länder von Araun bedrohten. Und er wusste alles über Sonjas und Melanies Abenteuer in Parva, dem Land, das im Krieg gegen die Dämonen lag. »Ihr seid aber auch nicht gerade schlecht. Ihr habt auf einem Ponyhof reiten gelernt – völlig ohne Hilfe, und die Biester, auf denen ihr gesessen habt, haben alles versucht, um euch runterzuschmeißen. Wie oft haben sie es geschafft?«

»Tausendmal«, sagte Sonja.

»Zweitausendmal«, sagte Melanie. »Ich glaube, ich habe öfter im Dreck gelegen als auf Bjarnis Rücken gesessen. Aber das ist doch bestimmt nicht die Voraussetzung, um ein Rennpferd zu trainieren!«

»Für einen nervösen Spinner wie unseren Santana würde es nicht reichen, das stimmt. Aber wir reden hier schließlich von Nachtfrost. Außerdem – kreuz und quer durch ein gefährliches, unbekanntes Land zu galoppieren, ohne vernünftigen Sattel, Steigbügel oder Zaumzeug, das soll euch erst einmal einer nachmachen. Natürlich fehlt euch eine vernünftige Ausbildung, aber das ist nicht das Problem. Kurz gesagt: Ich biete euch an, euch zu unterrichten, und dafür helft ihr mir ein bisschen im Stall und verschafft Nero die Bewegung, die er braucht. Unsere Trainingsbahn ist groß genug, um ihm einen ordentlichen Auslauf zu bieten. Und niemand wird sich darüber wundern, dass ich unseren kreuzbraven Komplettversager dafür einsetze, junge Talente zu fördern. Dann hat er endlich etwas Vernünftiges zu tun.« Ein weiterer Seitenblick und ein Lächeln. »Oder wollt ihr lieber wieder zur Reitschule Kochmann?«

»Ganz bestimmt nicht«, sagte Melanie entschieden. »Also – wenn du das ernst meinst – du meinst das doch ernst, oder?«

»Ganz ernst«, versicherte Ben.

»– dann will ich das unbedingt! Das ist klasse! Endlich weg von diesen Reitstallzicken und dem ganzen Mist! Danke, Ben!«

»Und du, Sonja?«

Sie konnte nur nicken. Sprachlos und überwältigt.

Zuerst hatte Sonja Ben überhaupt nicht gemocht. Bei ihrer ersten Begegnung hatte er scherzhaft abfällig über ›Nero, den Komplettversager‹ gesprochen, und das hatte sie ihm lange Zeit nicht verzeihen können, weil sie nicht verstanden hatte, dass er Nachtfrost ebenso liebte wie sie und alles tun würde, um ihn vor der Neugier der Welt zu schützen. Außerdem hatte sie nicht gewusst, auf wessen Seite er stand. Er arbeitete als Stallmeister auf Gut Stettenbach, das der Zauberin Asarié gehörte, und Asarié hatte Sonja verraten und versucht, ihr das magische Amulett wegzunehmen, das über den Ausgang des Krieges in Parva entscheiden konnte. Und weil Ben Sonja und ihre Freunde in die Zerbrochene Stadt Lyecenthe geschickt hatte, wo sie der Zauberin direkt in die Arme gelaufen waren, hatte sie geglaubt, er sei Asariés Komplize. Aber jetzt glaubte sie das nicht mehr. Sie hatte noch nicht so ganz verstanden, was die ›Beobachter‹ genau waren, aber ›Komplizen‹ waren sie ganz bestimmt nicht.

»Wir ziehen durch die Welt«, hatte Ben ihr gesagt, nachdem sie aus Lyecenthe zurückgekehrt war. »Wir beobachten den Nebel, die Dämonen und die Völker, die gegen den Nebel kämpfen. Wir sammeln alle Informationen, die wir finden können – deshalb wusste ich auch, dass Lyecenthe irgendwie mit dem Wolfskopfamulett in Verbindung steht. Nur selten mischen wir uns ein, aber hin und wieder geben wir einen Rat. Und wir beobachten sehr genau, was diesseits und jenseits der Nebelbrücke passiert. Als Asarié sich hier niederließ, fand ich es nützlich, in der Nähe zu sein.«

»Wusstest du denn, dass Nachtfrost und Darian hierherkommen würden? Und dass Asarié uns betrügen würde?«

»Nein. Diese ganze Entwicklung hat mich überrascht. Ich weiß nicht, ob das alles noch zu Velerias Plan gehört. Vielleicht gehört es zu einem größeren Plan, an dem auch sie nur einen geringen Teil hat. Ich weiß nicht einmal, ob ich das Amulett richtig verstehe – zwischendurch hielt ich es für möglich, dass Asarié recht hatte und es sich seinen Träger nicht selbst sucht, sondern einfach nur einem Gesetz folgt. Ich glaube auch nicht, dass sie ihren Verrat geplant hat. Erst als das Amulett plötzlich in ihrer Reichweite war, gab sie der Versuchung nach und wollte es für sich haben.«

»Es ist jetzt auch in deiner Reichweite«, hatte Sonja trotzig und ängstlich gesagt.
Und Ben hatte gelacht. »Ich weiß. Aber was soll ich damit anfangen? Außerhalb von Parva ist das Amulett nutzlos, es zieht seinen Sinn und seine Macht aus der Geschichte und der Magie des Landes. Und für mich ist Parva nur ein Land von vielen, durch die ich gewandert bin.«
»Aber du bist doch höchstens dreißig oder so!«
Er grinste nur. »Doch, ich bin etwas älter. Man sieht es mir nur nicht so an.«
Während sie jetzt die Straße entlangfuhren und auf die Autobahn einbogen, schaute sie ihn von der Seite an. Vielleicht bekam man mit so dunkler Haut gar keine richtig grauen Haare. Und eigentlich war es egal, wie alt Ben war. Auf jeden Fall hatte er gerade bewiesen, auf wessen Seite er stand.
Sie würden ganz offiziell auf ›Nero‹ reiten dürfen! Sie brauchten sich nicht mehr mit den Mädchen in der Reitschule Kochmann herumärgern, die alle vom Springreiten träumten. Sie konnten herkommen und sich um die Rennpferde kümmern und durften auch noch richtig reiten lernen! Damit, entschied Sonja, hatte sich Ben gerade einen Platz unter den nettesten Erwachsenen gesichert, die sie kannte.
Und während sie über die Autobahn rollten, lehnte sie sich zurück und träumte von dem Tag, an dem ›Nero‹ als Vierter, Dritter oder sogar Zweiter durchs Ziel ging und niemand, *niemand* mehr über ihn lachte.

# Böse Überraschung

Als sie auf Gut Stettenbach ankamen, öffnete Ben den Transporter, und Nachtfrost spazierte heraus. Noch bevor er von der Rampe herunter war, fiel Sonja ihm schon um den Hals. »Ben sagt, wir dürfen mit dir für das nächste Rennen trainieren!«
Nachtfrost schnaubte belustigt. *Das weiß ich doch längst.*
»Aber ich hab's nicht gewusst.« Sie streichelte das schwarze Fell. »Du hast doch nichts dagegen, oder?«
Er schnaubte wieder. *Ich renne lieber mit euch im Kreis herum als mit diesem Jockey. Aber noch lieber möchte ich über die Steppe von Parva jagen, frei wie der Wind.*
»Ich ja auch.« Sie schloss die Augen und lehnte den Kopf an seinen Hals. Vor sich sah sie die endlose Steppe, sanft gewellt unter einem riesigen Mond. Aber sobald sie Parva betrat, war sie nicht mehr Sonja aus der siebten Klasse, sondern Sonja die Seelentauscherin, Trägerin des Wolfskopfamulettes und einer ungewissen, unklaren Hoffnung. Und diese Sonja konnte nicht einfach nur in der Steppe herumreiten, sosehr sie es sich auch wünschen mochte.
Sie öffnete die Augen wieder, als Ben Nachtfrost Sattel und Zaumzeug abnahm und ihm liebevoll die Kruppe klopfte. »So, mein Freund, geh auf die Weide und wälz dich ordentlich im Dreck, damit die beiden nachher noch mehr zu putzen haben. Und ihr könnt gleich mit der Arbeit anfangen. Wer nimmt den Sattel?«
»Ich!«, rief Melanie, schnappte ihn sich und schleppte ihn

in die Sattelkammer, um ihn zu putzen. Ben reichte Sonja das Zaumzeug. Nachtfrost trottete davon, und die beiden Mädchen machten sich eifrig an die Arbeit.

Ganz ungezwungen bewegten sie sich auf Gut Stettenbach allerdings nicht. Zu lebendig war die Erinnerung an Asarié, die mit ihrem Hund in dem großen rot-weißen Haus gewohnt hatte und jetzt in einen Baum verzaubert in der Zerbrochenen Stadt stand, mit dem Erdgnom Sluh als einzigem lebendigen Wesen um sich. Sonja war dabei gewesen, als Nachtfrost die Zauberin für ihren Verrat bestraft hatte, und eigentlich wollte sie nicht darüber nachdenken. Aber es war schwierig, zu dem großen Haus hinzusehen und nicht zu erwarten, dass Asarié herauskam. Ben kümmerte sich jetzt um den Hund, hatte das Haus abgeschlossen und wohnte weiterhin in seiner Kammer im Stall, als ob er damit rechnete, dass die Zauberin irgendwann zurückkam. Er hatte auch die beiden Alraunen eingeschlossen, die Asarié in Doppelgängerinnen von Sonja und Melanie verzaubert hatte; sie waren jetzt wieder ganz gewöhnliche Wurzeln. Und er hatte den Spiegel eingeschlossen, durch den Asarié und Melanie ins Geisterreich und von dort aus nach Parva gereist waren. Wahrscheinlich gab es noch eine ganze Menge anderer seltsamer Zauberdinge in diesem Gutshaus, und Sonja war froh, dass Ben sie von ihr fernhielt. All die seltsamen und gefährlichen Ereignisse waren erst drei Wochen her, und für eine Weile wollte sie weder Seelentauscherin noch Trägerin des Amulettes sein, sondern nur Sonja, die ihren Lieblingspferden die Hufe auskratzte, Mähnen und Schweife bürstete, Stroh und Pferdeäpfel auf Schubkarren schaufelte und gelegentlich eine Möhre aus dem Eimer im Stall klaute, um sie einem der Pferde zu geben.

Sie wusch das Mundstück der Trense ab, wischte die Lederriemen sauber und hängte das Zaumzeug an den Haken unter dem Namen ›Nero‹. Kurze Zeit später war auch Melanie mit dem Sattel fertig. Ben kochte ihnen einen heißen Kakao, und sie hockten sich zu dritt in die winzige Küche neben seiner Schlafkammer über dem Stutenstall.
Der Raum war kaum größer als die Sattelkammer und hatte ein nicht sehr hohes, aber dafür über die ganze Länge der Wand verlaufendes Fenster, durch das man direkt auf die Boxen der Pferde hinunterschauen konnte. Es gab vier Pferdebilder an den Wänden und genau fünf Möbelstücke: ein Holzbett, einen sauber geschrubbten braunen Esstisch, einen Stuhl, einen mindestens fünfzig Jahre alten Kleiderschrank aus dunklem Holz und ein altes Regal mit Büchern über Pferde. Am liebsten hätten Sonja und Melanie alle Bücher durchgeblättert. Stattdessen überlegten sie, wie sie ihre Eltern überreden konnten, dem Plan zuzustimmen.
»Es ist mir ganz ernst damit«, sagte Ben. »Ich brauche Hilfe. Eigentlich müssten hier auf dem Hof mindestens drei Leute angestellt sein, um die Pferde vernünftig zu versorgen und zu reiten. Ich schaffe es gerade so, wenn ich morgens um fünf aufstehe, nachts um zwölf schlafen gehe und mich zwischendurch rund um die Uhr um alles kümmere. Ein bisschen Entlastung wäre schon ganz gut.«
»Meinen Vater kann ich überreden«, sagte Melanie zuversichtlich. »Am besten heule ich ordentlich rum, dann klappt das schon.«
»Und deine Mutter?«
»Da muss ich mir irgendwas Logisches überlegen.«
»Bei uns darf es nur nichts kosten«, meinte Sonja.
»Dann drücke ich uns allen die Daumen, dass es klappt. Vielleicht lassen sie euch auch mal hier übernachten ...«

»Das wäre toll!«, rief Sonja. »Meine Eltern sind bestimmt einverstanden!«
»Warten wir es ab«, meinte Ben trocken. »Jedenfalls bringe ich euch heute Abend nach Hause, und dann versuchen wir es.«
Das Geräusch von Hufen auf dem Stallgang ließ sie alle drei hochschrecken. Ben warf einen Blick durch das Fenster in den Stall und grinste breit. »Seht euch das an. Da hat sich einer aber wirklich Mühe gegeben, wie ein Schwein auszusehen, damit sich das Putzen auch lohnt.«
Sie drängten sich neben ihn und schauten hinunter. Ein Pferd – oder zumindest ein Tier, das ungefähr die Form und Größe eines Pferdes hatte – spazierte in aller Ruhe einmal durch den Stall und wieder hinaus. Unter der dicken Schlammschicht, die Mähne, Schweif und Fell restlos verklebte, war ein Schimmer von Schwarz zu erahnen. Sonja und Melanie wechselten einen Blick, grinsten beide, und dann liefen sie los, um sich mit Striegeln, Bürsten, Hufkratzern und sehr vielen Eimern Wasser zu bewaffnen.

»Oh nein«, sagte Sonjas Mutter entschieden. »Ich bin absolut dagegen. Sonja hat genug für die Schule zu tun, wenn sie versetzt werden will, und ich habe weder die Zeit noch das Geld, um sie durch die Gegend zu kutschieren, damit sie in irgendeinem Rennstall reiten kann. Die Reitschule Kochmann ist genau das Richtige für sie, dort kann sie vernünftig reiten lernen und hat noch andere gleichaltrige Mädchen als Gesellschaft. Nein, Herr – äh – Arvin, Sie mögen ein netter junger Mann sein, der nur das Beste will, aber das kommt nicht infrage.«
»Mama, ich will aber nicht mehr zu Kochmann! Die sind alle blöd!«

»Dann wird es Zeit, dass du lernst, dich mit ihnen auseinanderzusetzen«, sagte Mama unerbittlich.
»Nein! Die können mir gestohlen bleiben!«
»Reiß dich zusammen, Sonja«, warf Papa ärgerlich ein. »Was sind das für verrückte Ideen? Du kannst gerade mal auf einem Pony reiten, und jetzt willst du dich um ein Rennpferd kümmern? Wer soll das bezahlen? Normale Reitstunden sind schon teuer genug, aber so etwas –«
»Es wäre eine große Hilfe«, sagte Ben. »Unser bisheriger Bereiter hat gekündigt, und bis ich einen neuen gefunden habe, braucht das Pferd Bewegung. Dafür nehme ich selbstverständlich kein Geld.«
Papa zögerte, aber da sprang Mama wieder ein. »Und wie soll Sonja zweimal oder dreimal pro Woche nach Gut Stettenbach kommen? Das sind zwölf Kilometer! Mein Mann und ich haben keine Zeit, sie dauernd durch die Gegend zu fahren! Nein, es tut mir leid, aber –«
»Das kann ich machen«, schoss Philipp dazwischen, der die Diskussion von der Wohnzimmertür her verfolgt hatte. »Ich bekomme demnächst ein Auto von einem Kumpel aus der Werkstatt.«
Die Eltern betrachteten ihren ältesten Sohn mit einiger Verblüffung. »Woher bitte hast du Geld für ein Auto?«, fragte Papa. »Ich dachte, du zahlst noch immer deine Strafe beim Gericht ab?«
»Längst erledigt«, sagte Philipp. »Und das wüsstest du auch, wenn du dir mal die Mühe machen würdest, mich nach so etwas zu fragen. Und ich fände es gut, wenn du endlich mal aufhören würdest, darauf herumzureiten!«
»Ja, wirklich, Klaus«, sagte Mama, »das war jetzt sehr unpassend. Entschuldigen Sie, Herr Arvin.«
Ben lächelte liebenswürdig.

»Also, darf ich jetzt nach Stettenbach?«, rief Sonja. Das fehlte noch, dass sich jetzt plötzlich alles um Philipps Auto drehte, während sie ihre Antwort noch nicht hatte!
Die Eltern lösten ihre missbilligenden Blicke voneinander und schauten ihre Tochter an. »Na ja –«, sagte Mama, zögerte und seufzte. »Also, wenn Philipp das wirklich für dich tun will …«
»… und es nichts kostet …«, ergänzte Papa.
»… und du die Schule nicht vernachlässigst … dann … nun ja, also von mir aus … ja.«
»Danke, Mama!« Sonja fiel ihr um den Hals. »Du bist die Beste! Und du auch, Papa!«
»Der Beste, bitte«, sagte Papa.
»Nein, das ist Philipp. Ich meine, ihr beide.« Und sie fiel auch Papa und Philipp um den Hals.
»Ich will auch durch die Gegend gefahren werden«, verkündete Paul, ihr jüngerer Bruder. »Und ich will mit Philipps neuem Auto fahren.«
»Wenn du es auch nur wagst in die Nähe von meinem neuen Auto zu kommen«, begann Philipp, aber Sonja hörte ihm schon nicht mehr zu. Sie strahlte Ben an. »Wann können wir anfangen?«
Ben lächelte zurück. »Von mir aus sofort.«

Das ging natürlich nicht, schließlich mussten Sonja und Melanie nach wie vor zur Schule gehen. Aber das größte Hindernis war genommen. Melanie hatte zu Hause tatsächlich so lange geschmollt, getrotzt und herumgeheult, bis ihr Vater nachgegeben hatte. Und ihrer standesbewussten Mutter hatte sie einreden können, dass es viel schicker war, auf einem edlen Vollblüter im Kreis zu galoppieren, als dasselbe mit einem Reitschulpferd zu tun.

»Wie peinlich ist das denn?«, sagte Sonja, als sie das erfuhr. »Als ob es beim Reiten darum ginge, schick zu sein! Und so einen Quatsch nimmt sie dir ab?«
»Es ist ja nicht mein Argument, sondern einfach eins, das bei ihr zieht«, antwortete Melanie. »Schließlich ist es mir ja egal, warum sie es mir erlaubt – Hauptsache, wir dürfen hin!«
»Und du hast ihr bestimmt auch erzählt, dass es viel schicker ist, Vollblutmist zu schaufeln als normalen?«
Melanie kicherte. »Lieber nicht – das hätte sie mir dann vielleicht doch nicht mehr geglaubt.«
Wie immer, wenn man sich auf etwas freut, gingen die Tage vorher viel zu langsam herum. Aber am Donnerstag bekam Philipp sein neues Auto – einen ziemlich alten, leicht angerosteten roten Polo –, am Freitag chauffierte er Sonja und Paul damit durch die Stadt, und am Samstag brachte er Sonja und Melanie nach Gut Stettenbach. Leider stellte sich bei dieser Fahrt heraus, dass die Bremsen nicht in Ordnung waren, und so musste er das Auto gleich wieder zu seinem Kumpel bringen, um es zu reparieren. Sonja tat es leid, aber Philipp freute sich darauf, die »alte Kiste« komplett auseinanderzunehmen, und so winkte sie ihm nach und betrat leichteren Herzens ihren neuen Arbeitsplatz.
Zur Begrüßung hatte Ben Kakao gekocht, Brötchen geschmiert und die Strohballen im Hengststall mit Decken zu einem Tisch und drei Sitzbänken umfunktioniert. Neugierig streckten die Pferde ihre Köpfe aus den Boxen. Alle wurden gestreichelt und mit Möhren gefüttert, und danach setzten sich die drei an ihren Frühstückstisch. Sonja und Melanie fanden es urgemütlich, dazusitzen und Brötchen zu essen und den Pferden beim Fressen, Schnauben und Rumoren zuzuhören.

»Ich habe übrigens etwas gefunden«, sagte Ben, während er ihnen Kakao nachschenkte. »Da neben dir, Sonja, unter der Decke.«

Sonja zog die Decke von dem benachbarten Strohballen, und dort lag ein Buch. Es war groß, sah alt und schwer aus und hatte einen dicken Einband aus Leder. Einen Titel schien es nicht zu geben. Vorsichtig klappte Sonja den dicken Lederdeckel auf und blätterte durch die fleckigen Pergamentseiten. Jede Seite war zweispaltig mit altertümlichen Schriftzeichen beschrieben. Hier und da war die Schrift stark verblasst, aber sie erkannte verschiedene Handschriften und einzelne Zeichen, die vielleicht Datumsangaben waren. Kein einziges davon konnte sie lesen.

»Ist das ein Buch aus Parva?«, fragte sie überrascht.

Ben nickte. »Ich habe es im Haus gefunden.«

»Was steht denn drin?«, fragte Melanie gespannt.

»Ich habe keine Ahnung«, antwortete Ben. »Die Schrift ist uralt. Es kann Wochen dauern, bis ich sie entziffert habe. Und dann steht vielleicht nicht mal etwas Nützliches drin. Aber irgendwie glaube ich das nicht.« Er griff herüber und nahm das Buch an sich, und Sonja bemerkte zum ersten Mal eine frische Narbe quer über dem Handrücken. »Asarié hatte es mit einem Bann gesichert.«

»Das Buch hat dich verletzt?«, fragte sie erschrocken.

»Mach dir darüber keine Gedanken«, sagte Ben leichthin. »Es ist üblich, magische Bücher mit einem Bann zu belegen. Ich war sogar ganz froh darüber – es lässt mich vermuten, dass wir in diesem Buch einen Hinweis auf das finden können, was Veleria mit dem Amulett vorhatte.«

»Wieso?«

»Weil das Amulett darin erwähnt wird.« Er blätterte weiter und drehte das Buch schließlich aufgeschlagen wieder zu ihnen um. Zwischen den fremdartigen Schriftzeichen sahen sie ein Bild, das ihnen sehr vertraut war: ein Wolfskopf, von einer Sonne umgeben – genau wie auf dem Amulett. »In Lyecenthe sprach Asarié davon, dass sie seine Macht wecken wollte. Vielleicht steht hier drin, wie das möglich ist. Ich habe nie daran geglaubt, dass Veleria es König Ghadan und Königin Aletheia wirklich nur als Symbol der Verbündung übergeben wollte. Nein, dahinter steckt noch etwas anderes. Ich glaube, dass auch sie die Macht des Amulettes nutzen wollte – nur anders als Asarié. Nicht für sich selbst, sondern um Parva vor den Dämonen zu retten. Nur wie – das müssen wir herausfinden.«

Er schloss das Buch und legte es neben sich auf den Strohballen. »Und jetzt ist Schluss mit der Faulenzerei, jetzt wird gearbeitet. Melanie, du –« Er brach ab. Draußen auf dem Hof war ein Automotor zu hören, dann schlugen zwei Türen zu. Kiribu, Asariés weißer Hund, bellte laut.

»Besuch?« Ben runzelte die Stirn und stand auf. »Komisch, ich erwarte niemanden ...« Er ging zur Stalltür, hatte aber noch keine drei Schritte zurückgelegt, als zwei Polizisten hereinkamen.

»Sind Sie Ben Arvin?«, sagte einer der beiden.

Ben, der keineswegs Ben Arvin hieß, sondern Benarvin, zögerte und nickte dann. »Ja, wieso?«

»Wir müssen Sie bitten, mit uns zu kommen.«

»Wie bitte? Warum das denn?«

»Es gibt da eine Unklarheit bezüglich Ihrer Aufenthalts- und Arbeitserlaubnis.« Der Blick der Polizisten wanderte an Ben vorbei zu Sonja und Melanie, die erschrocken neben den Strohballen standen und nicht wussten, was sie tun sollten. »Und wer seid ihr? Was macht ihr hier?«

»Wir helfen mit den Pferden«, antwortete Melanie.

»Ist noch ein Erwachsener hier?«, wandte sich der Polizist wieder an Ben, der nur den Kopf schüttelte. »Was ist mit Frau von Stetten? Wo ist sie?«
Sonja wurde es ganz heiß. Was sollte Ben jetzt sagen? Er konnte ihnen doch nicht erzählen, dass Frau von Stetten in Wirklichkeit Asarié hieß, eine Zauberin war und jetzt als Baum in einer verlassenen Stadt herumstand! Aber Ben sagte nur kurz: »Verreist.«
»Und wann kommt sie zurück?«
»Das kann ich Ihnen nicht sagen.«
»Sonst ist niemand hier? Nur Sie und die beiden Mädchen?«
»Wo ist das Problem?«, fragte Ben scharf. »Die Angelegenheit wird sich ja wohl rasch klären lassen.«
»Ganz so rasch geht es nicht. Die zuständige Stelle ist am Wochenende nicht besetzt. Wir werden Sie bis Montag dabehalten müssen.«
»Unmöglich«, sagte Ben. »Jemand muss sich um die Pferde kümmern!«
»Das ist nicht unser Problem. Kommen Sie jetzt bitte mit. Wir werden das Veterinäramt informieren.«
»Hören Sie, ich kann die Pferde nicht allein lassen! Von mir aus komme ich am Montag zu Ihnen und kläre das alles, aber –«
»Es tut mir leid, das geht nicht. Wir wurden informiert, dass Fluchtgefahr besteht.«
»Fluchtgefahr?« Ben sah trotz der schwarzen Haut plötzlich bleich aus. »Was soll das heißen?«
»Wir erhielten die Information –«
»Hat mich jemand angezeigt? Was ist hier eigentlich los?«
»Trischer«, platzte es aus Melanie heraus. »Das hat doch bestimmt dieser Kerl von der Rennbahn irgendwie angezettelt! Stimmt doch, oder?«

Sonja wurde es eiskalt. Bis zu diesem Moment war sie völlig verwirrt und eingeschüchtert gewesen. Aber jetzt begriff sie ganz plötzlich, was auf sie zukam, wenn Ben eingesperrt wurde und dieser Trischer wirklich dahintersteckte.
Nachtfrost war in Gefahr!
Sie wartete nicht einmal die Antwort des Polizisten ab. Ihre Beine setzten sich wie von selbst in Bewegung – irgendwie war sie schon daran gewöhnt, urplötzlich vor irgendetwas wegzurennen. Sie drehte sich um und rannte zum Hinterausgang des Stalles.
»Stopp!«, rief der Polizist. »Halt sie auf!« Aber im nächsten Moment hörte Sonja lautes Gepolter und wusste, dass Ben versuchte die Polizisten aufzuhalten. Sie riss die Tür auf, stürzte hinaus und schmetterte die Tür hinter sich zu. Dann rannte sie über den schlammigen, glitschigen Pfad zur Weide. »Nachtfrost!«, schrie sie und sah, wie die grasenden Pferde die Köpfe hochwarfen und nervös scheuten. »Nachtfrost, wo bist du?«
»Bleib stehen!«, rief der Polizist hinter ihr. »Was soll der Blödsinn? Halt an!«
Sie dachte gar nicht daran. Sie rannte den Pfad entlang, ihre Stiefel quatschten bei jedem Schritt, Schlamm spritzte, und dann rutschte sie plötzlich aus und flog der Länge nach hin. Hastig rappelte sie sich auf – und wurde am Arm gepackt. Der Polizist hatte sie eingeholt. Als sie aufblickte, schaute sie in sein wütendes, schlammbespritztes Gesicht.
»Und was soll das hier bitte werden? Wo willst du hin? Du kommst jetzt mit!«
Sie schluckte und schaute an ihm vorbei auf die Weide. »Nein.«
»O doch. Komm jetzt!«
»Nein! Drehen Sie sich mal um!«

»Was? Ist das ein Trick oder –« Ohne ihren Arm loszulassen, drehte er sich zur Weide um, und sah Nachtfrost. Ein riesiges schwarzes Tier mit Mähne und Schweif aus fließendem Silber. Das Horn auf seiner Stirn leuchtete an diesem grauen Tag wie ein Stern. Und er jagte in vollem Galopp auf Sonja und den Polizisten zu.
Dem Polizisten fiel die Kinnlade herunter. Sonja nutzte den günstigen Moment, riss sich aus seinem Griff los und schlüpfte durch die Zaunlatten auf die Weide. Noch bevor der Polizist richtig begriffen hatte, dass da ein gigantisches schwarzes Einhorn auf ihn zuraste, war Nachtfrost schon bei ihnen, bremste, dass Gras und Matsch in alle Richtungen flogen, und warf sich herum. Sonja griff in die silberne Mähne und wurde hochgerissen.
Im nächsten Augenblick galoppierte Nachtfrost wieder los. Er preschte über die Weide, setzte zu einem gewaltigen Sprung über den Zaun an, stieß sich ab und verschwand mitsamt Sonja aus dieser Welt.

»Sie sind weg«, sagte Melanie.
Sie fühlte sich wie betäubt. Das war alles viel zu schnell gegangen. Gerade eben hatte sie noch beim Frühstück gesessen und sich auf die Zukunft gefreut – und jetzt war Ben plötzlich verhaftet, und Sonja und Nachtfrost waren über die Nebelbrücke nach Parva geflohen. Zum ersten Mal hatte sie begriffen, wie es sich anfühlte, eine Brückenwächterin zu sein: es fühlte sich wie ein unsichtbarer silberner Faden an, der von ihr ausging und in Nebel und Dunkelheit verschwand. Und sie wusste, dass sie ihn festhalten musste und nicht loslassen durfte, wenn Sonja und Nachtfrost je wieder zurückkommen sollten.
Sie schaute zu Ben hoch, aber er sah nur wütend aus, wäh-

rend er mit dem einen Polizisten auf die Rückkehr des anderen wartete.
»Weg?«, fragte der Polizist scharf. »Was soll das heißen, sie sind weg?«
Melanie antwortete nicht.
An der Stalltür tauchte nun der zweite Beamte auf. Seine Mütze saß schief, Jacke und Hose waren voller Schlammspritzer, und er ging langsam, als traute er dem Boden unter seinen Füßen nicht.
»Ralf!« Sein Kollege musterte ihn irritiert. »Was ist los? Wo ist das Mädchen?«
Der Polizist hob die Schultern und ließ sie wieder fallen. »Ich – habe keine Ahnung. Da war ein ...« Er suchte nach Worten, fand keine und zuckte endlich wieder hilflos die Achseln. »Sie ist weg.«
»Wie, weg? Hat sie sich versteckt?«
»Nein. Sie ist – irgendwie – weggeritten.«
»Irgendwie weggeritten?« Der Polizist schüttelte den Kopf. »Was soll das denn heißen?«
Sein Kollege antwortete nicht.
»Kann ich jemanden anrufen?«, fragte Ben. »Jemanden, der mich hier vertritt?«
»Das fällt Ihnen aber früh ein ... also schön.«
Melanie gab Ben ihr Handy. Er tippte ein paar Nummern ein und hielt es ans Ohr. Nach ein paar Sekunden sagte er: »Peter? Hören Sie, es gibt hier einen Notfall im Stall. Was? Nein, die Pferde sind alle in Ordnung. Ich muss plötzlich weg und komme wohl erst am Montag wieder. Können Sie hier noch einmal einspringen? Ja? Sehr gut – danke, das vergesse ich Ihnen nicht. Melanie wird Ihnen alles erklären. Ja. Nur bis Montag, hoffe ich. In Ordnung. Bis dann.«
Er gab Melanie das Handy zurück. »Danke.« Er machte mit

dem Kopf eine kaum merkliche Bewegung zum Stall hin, und sie nickte kaum merklich zurück.
»Los jetzt«, sagte der Polizist. Er schob Ben aus dem Stall und zum Auto. »Steigen Sie ein.«
Ben stieg ein. Die Türen schlugen zu, der Motor heulte kurz auf, und das Polizeiauto rollte vom Hof. Melanie blieb allein zurück.
So viel zu unseren schönen Plänen, dachte sie und hätte am liebsten entweder losgeschrien oder geheult.
Stattdessen rannte sie zum Hengststall, zog die schwere Tür auf und trat ins dämmerige Dunkel des Stalles. Die Pferde schnaubten neugierig und schoben ihre Köpfe aus den Boxen. Melanie streichelte Santanas Nasenrücken und kämpfte mit den Tränen. Der Tag hatte so wunderbar angefangen!
Aber sie spürte den silbernen Faden, diese zauberische Verbindung zwischen den Welten. Sie hatte ihre Aufgabe, wenn sie auch noch nicht genau wusste, wie sie sie erfüllen sollte. Eins aber wusste sie genau: Ben wollte, dass sie dieses Buch in Sicherheit brachte. Und es gab nur einen einzigen Menschen auf der Welt, bei dem es sicher war und den Melanie um Rat fragen konnte.
Sie hob das Buch hoch – es war ganz schön schwer –, verabschiedete sich von Santana und den anderen Pferden und verließ den Stall. Kiribu, der an seiner Hütte angebunden war, winselte, als er sie sah. Am liebsten hätte sie ihn mitgenommen ... ihn und alle Pferde des Gutshofes.
Sie wickelte das Buch in einen alten Getreidesack, legte ihn neben die Stalltür und machte sich auf den Weg zur Weide. Sie wusste nicht, wann Peter Karz kommen würde, aber es war bestimmt besser, die Pferde in den Stall zu holen.
Nordstern, Alina, Edeldame, Farina und Fabiola folgten ihr

bereitwillig, als sie das Gatter öffnete. Ostara, genannt Ossi, wollte lieber weiterfressen, aber als die anderen Stuten zu den Ställen trotteten, wollte sie doch nicht allein bleiben und trabte hinter ihnen her.

Melanie brachte sie alle in ihre Boxen, verteilte Heu und kratzte ihnen den gröbsten Dreck vom Fell, während sie fraßen. Eigentlich liebte sie diese Arbeit, aber jetzt hörte sie nur, wie beunruhigend still es auf dem Hof war. Wenn doch Ben und Sonja wieder da wären!

Als sie gerade fertig war, fing Kiribu an zu bellen. Ein Auto kam auf den Hof. Melanie lief hinaus. Peter Karz stieg aus und schaute sich irritiert um. »Hallo, Melanie. Also, was ist hier los? Was ist mit Ben?«

Melanie erzählte es ihm. Karz' Gesicht verfinsterte sich, während er zuhörte. »Trischer, sagst du? Ja, ich könnte mir vorstellen, dass der dahintersteckt. Mach dir keine Sorgen – falls er auftaucht, kümmere ich mich um ihn. Wo ist Nero?«

Das war die Frage, vor der sie sich gefürchtet hatte. Karz wusste nichts von Nachtfrost, er kannte ihn nur als Nero. »Er – er ist nicht da. Ich weiß nicht, wo er ist. Da müssen Sie Ben fragen!«

»So?« Peter Karz schüttelte den Kopf. »Na schön. Danke, dass du die Pferde hereingeholt hast. Ich mache dann hier den Rest. Du kannst gehen.«

Sie sagte ihm nicht, dass sie eigentlich erst am Abend abgeholt werden sollte. Sie nahm den Getreidesack mit dem Buch unter den Arm und machte sich auf den Weg zur Bushaltestelle und zu Sonjas Bruder Philipp.

# Kein Weg zurück

Von einem Moment zum nächsten war es dunkel. Nachtfrost landete, seine Hufe schlugen hallend auf Stein, und von allen Seiten kam das Echo krachend zurück. Er fiel in Trab und blieb schließlich stehen. Schnaubend senkte er den Kopf, hob ihn dann wieder und schaute sich mit gespitzten Ohren und geblähten Nüstern um.

Das tat Sonja auch, wenn auch mit weniger eindrucksvoll gespitzten Ohren. Sie befanden sich in einer Schlucht, und es war Nacht. Die Luft war diesig und roch unangenehm – ein wenig nach Rauch und faulen Eiern. Als Sonja nach oben schaute, konnte sie die Sterne nicht sehen.

»Wo sind wir? Ist das Parva?«

*Natürlich*, erwiderte Nachtfrost. *Wovor sind wir eigentlich weggelaufen?*

»Vor – vor dem Polizisten. Sie haben Ben verhaftet, und bestimmt steckt dieser Trischer dahinter.« Erst jetzt wurde ihr klar, was passiert war. Sie war völlig planlos geflohen, hatte Melanie und auch Ben im Stich gelassen. »Ich war so blöd! Kehr um! Wir müssen zurück!«

Aber Nachtfrost schüttelte nur den Kopf, dass die silberne Mähne flog, und blieb stehen.

»Nachtfrost!«

*Hörst du das?*, gab er zurück. *Ein Kind weint.*

Sonja zuckte zusammen, schaute sich um und lauschte. Sie hörte nichts, nur den Wind, der zwischen den Felsen raunte … und dann ein dünnes Wimmern.

Nachtfrost setzte sich in Bewegung. Im Klackern seiner Hufe war das dünne Geräusch nicht mehr zu hören, aber plötzlich schwoll es zu einem durchdringenden Babyschrei an – der so plötzlich abbrach, als hätte jemand dem Kind hastig eine Hand auf den Mund gelegt. Nachtfrost blieb stehen, und Sonja lauschte. Kein Laut war mehr zu hören.
»Hallo?«, rief sie, und das Echo tanzte zwischen den Felsen. Hallo … hallo … hallo …
»Ist da jemand?« Jemand … jemand … jemand …
Ein Kiesel schlug in ihrer Nähe auf, und sie fuhr herum. Da war nichts – aber ein Stück über ihr bewegte sich etwas an der Felswand. Es sah aus, als hocke dort jemand auf einem Felsvorsprung, eng an den Stein gedrückt.
»Nachtfrost«, flüsterte sie. »Guck mal!«
Nachtfrost hob den Kopf, witterte und schnaubte leise. *Da hat jemand mehr Angst vor dir als du vor ihm.*
»Das ist doch mal was Neues. Lass uns nachsehen, wer es ist!«
Nachtfrost trottete bis unter den Vorsprung, und Sonja schwang die Beine nach hinten und stellte sich auf seinen Rücken. Ein wenig wackelig richtete sie sich auf.
Jetzt konnte sie erkennen, dass sich dort auf dem Vorsprung drei Personen befanden – ein Mann, eine Frau und ein sehr kleines Kind auf dem Arm der Frau. Sie hatte ihm die Hand auf den Mund gelegt und schaukelte es sanft, während sie Sonja aus riesigen dunklen Augen anstarrte. Es waren seltsame Leute. Sie rochen nach Tier, Rauch und Heu, trugen Kittel aus unzähligen zusammengenähten Fell- und Lederstückchen, hatten ungekämmte dunkle Haare – und braunes Fell, lange Ohren und Ziegenhörner. Auch ihre länglichen Gesichter sahen fast wie die von Ziegen aus. Hufe hatten sie allerdings nicht, nur breite, behaarte Füße

mit je sechs Zehen. Das Baby war unbekleidet, hatte aber seidiges braunes Fell am ganzen Körper. Seine Eltern waren größer als Sonja, sie sahen jedoch so jämmerlich aus, dass sie ganz vergaß, selber Angst zu haben.

»Geh weg«, sagte der Mann im vergeblichen Versuch, tapfer und bedrohlich zu klingen.

»Ich tu euch nichts«, sagte Sonja. »Warum sitzt ihr hier oben?«

»Weil wir hier hochgeklettert sind.«

Das war zwar eine durchaus logische und schlüssige Antwort, aber sie half Sonja überhaupt nicht weiter.

»Warum seid ihr hochgeklettert?«

»Weil unten der Culuno ist.«

»Was ist das?«

»Ich weiß nicht.«

»Aber wenn du seinen Namen kennst, musst du doch wissen, was es ist!«

»Nein.«

»Nein?«

»Nein.«

»Hm ... was macht denn so ein Culuno?«

»Er tötet uns«, sagte der ziegenähnliche Mann und kroch in sich zusammen. Die Frau stieß ein leises Blöken aus, und das Kind wimmerte in ihrem Arm. Sonja überlief es kalt. »Er ... tötet euch?«

»Uns und alle anderen. Er verbrennt Bäume. Er zertrampelt das Gras. Er zerstört Häuser. Er lässt die Toten liegen.«

»Ist er ein Monster?« Ängstlich schaute sie sich um, aber die Schlucht war so leer wie zuvor, und Nachtfrost rührte sich nicht.

»Ich weiß nicht«, murmelte der Mann.

»Wie sieht er denn aus?«

»Ich … weiß nicht.«
»Du hast ihn noch nie gesehen?«
»Nur das, was er tut. Und –«
»Er brüllt mit der Stimme von tausend Menschen«, flüsterte die Frau und starrte Sonja aus weit aufgerissenen Augen an. »Menschen rufen ihn. Menschen füttern ihn. Und wenn er sie tötet, schreien und weinen sie und sagen, sie hätten das nicht gewollt. Du bist ein Mensch!«
»Was?«, sagte Sonja erschrocken. »Aber ich habe doch damit gar nichts zu tun! Ich bin kein Culudingsbums, ich habe ihn auch nicht gerufen! Ich heiße Sonja, und ich tu euch nichts! Ich will euch helfen! Guck mal, ich bin doch mit einem Taithar unterwegs, einem Boten der Göttin!«
Die Frau presste sich nur noch enger gegen die Felsen und drückte ihr Baby an sich.
Der Mann beugte sich nach vorne und schielte zu Nachtfrost hinunter. »Einhorn«, sagte er, betonte es aber so, dass es wie »ein Horn« klang. Nachtfrost schnaubte belustigt.
»Das ist Nachtfrost«, sagte Sonja. »Hör mal, wir können euch bestimmt helfen! Ihr wollt doch sicher nicht hier sitzen bleiben und warten, bis der Culolo – Coluno –«
»Culuno.«
»– euch holen kommt, oder? Wo wollt ihr denn hin?«
»Wir wollen nach Hause«, sagte der Ziegenmann mit todtrauriger Stimme, und Sonja hätte ihn am liebsten gestreichelt, weil er ihr so leidtat.
»Schön, wir bringen euch hin. Stimmt doch, Nachtfrost, oder? Ihr dürft auf ihm reiten. Wo ist denn euer Zuhause?«
Der Mann streckte eine Hand aus und zeigte die Schlucht entlang.
»Na dann«, sagte Sonja. »Kommt runter! Soll ich euch helfen? Soll ich das Baby nehmen?«

Die Frau schüttelte wild den Kopf und drückte das Baby noch fester an sich. Es stieß einen dünnen, quäkenden Schrei aus.
»Wir können doch nicht nach Hause«, sagte der Mann noch viel trauriger. »Der Culuno war da. Es ist alles verbrannt, und die Toten liegen im Gras.«
Bestürzt ließ Sonja die Arme sinken, die sie schon nach ihm ausgestreckt hatte. »Das ... das tut mir leid«, flüsterte sie. »Wo könnt ihr denn hingehen? Nachtfrost, sag doch mal was!«
Nachtfrost drehte den Kopf zu ihr und schaute sie aus dunkel glänzenden Augen an. *Beeilt euch,* sagte er nur.
Und als Sonja erschrocken zusammenfuhr und lauschte, hörte sie aus der Ferne ein Brüllen wie aus menschlichen Kehlen und etwas wie Donner. Und es schien näher zu kommen; es wurde lauter und immer lauter, bis es den ganzen Himmel zu füllen schien. Sonja war es eiskalt vor Angst. Was für ein Monster war das? Warum hatte niemand sie je vor ihm gewarnt?
»Der Culuno!«, wimmerte der Ziegenmann. »Lauf weg, Mensch, sonst tötet er dich auch!«
»Schnell!«, rief sie. »Klettert runter und auf Nachtfrosts Rücken! Wir bringen euch weg!«
Nachtfrost warf den Kopf hoch. *Meine Mähne, Sonja!*
Zuerst begriff sie nicht, was er meinte, aber dann wurde es ihr plötzlich klar. Sie packte in seine Mähne und zog zwei dicke silberne Strähnen nach oben. Sie waren so lang, dass sie bis zum Vorsprung reichten. »Hier, ihr beiden, fasst das an! Und haltet das Baby fest!«
Die beiden Ziegenmenschen wechselten einen angstvollen Blick, dann nickten sie und griffen gleichzeitig nach den Strähnen. Etwas wie ein silberner Wirbel hüllte sie ein, und

im nächsten Moment saßen sie auf Nachtfrosts Rücken und wären vor Überraschung fast heruntergefallen. Sonja rutschte mit hämmerndem Herzen hinter sie, schlang die Arme um sie, und Nachtfrost galoppierte los.
Keine Sekunde zu früh. Das Brüllen und Donnern war jetzt hinter ihnen in der Schlucht. Sonja schaute sich um, aber alles, was sie erkennen konnte, war eine Staubwolke, die sich mit der Geschwindigkeit rennender Pferde vorwärtsbewegte und die gesamte Breite der Schlucht ausfüllte.
Schleunigst drehte sie den Kopf nach vorne und hatte jetzt den Lederflickenkittel des Mannes und seinen stechenden Ziegengeruch direkt vor der Nase. Sie spürte, wie er leicht zur Seite rutschte, und umklammerte seinen dünnen, langen Körper, damit er nicht hinunterfiel. Wie ein Schatten jagte Nachtfrost durch die Schlucht, Donner schlug von allen Seiten auf sie ein, und Sonja hörte das Baby schreien. Sie warf einen zweiten Blick über die Schulter und sah voller Entsetzen, dass die Staubwolke näher kam. Der Culuno holte sie ein! Nachtfrost konnte schneller als der Wind rennen, aber mit drei Reitern würde er es nicht schaffen!
»Nachtfrost, lauf!«
Er antwortete nicht, streckte sich nur noch mehr, seine Hufe griffen weiter aus, der Schweif wehte wie eine Flamme hinter ihm her. Noch einmal schaute Sonja sich um. Und was sie da sah, ließ ihr das Herz erstarren.
Im nächsten Augenblick warf Nachtfrost sich herum und raste in einen Seitenarm der Schlucht, eine Sackgasse, kaum zehn Meter tief. Er stemmte die Hufe in den Boden, bremste, rutschte, Steine und Sand flogen, und die drei Ziegenmenschen und Sonja verloren den Halt und stürzten. Hinter ihnen jagte der Culuno an der kleinen Sackgasse vorbei, blind und taub in seiner Gier nach dem Tod.

Sonja rappelte sich auf. Die Ziegenmenschen drängten sich aneinander und versuchten, das schreiende Kind zu beruhigen. Aber wie Sonja starrten sie auf das Monster, das in einem schier endlosen Strom an der kleinen Schneise vorbeiraste und dabei so laut brüllte, dass Steine sich von den Felsen lösten.
Es waren Reiter.
Männer auf Pferden, mit verzerrten Gesichtern und blitzenden Waffen. Hunderte von ihnen, ein riesiges Heer, das brüllend durch die Schlucht jagte, alles Leben vor sich vernichtete und nur Tod und Zerstörung zurückließ.
Und Sonja lernte ganz plötzlich ein neues Wort.
Culuno bedeutete Krieg.

Als der Staub sich endlich legte und das Donnern der Hufe in der Ferne verklang, drehte Sonja sich zögernd zu den Ziegenmenschen um, die sich den Staub von den Kitteln klopften. Die Frau hielt das Baby im Arm, das nur noch leise wimmerte.
»Alles ... alles in Ordnung?«
Der Mann warf ihr einen Blick zu. »Gar nichts ist in Ordnung, Mensch. Unsere Hütten sind verbrannt, das Gras ist zertrampelt, die Toten –«
Sonja spürte, wie sie rot wurde. »Ich meinte, ob ihr verletzt seid!«
»Nein.« Er wandte ihr den Rücken zu und redete leise mit der Frau. Sonja stand neben Nachtfrost und fühlte sich zurückgewiesen. Hatte sie den dreien nicht gerade eben das Leben gerettet? Konnten sie nicht wenigstens Danke sagen?
»Wie heißt ihr eigentlich?«
»Becko«, antwortete der Mann. Die Frau schwieg und wich ihrem Blick aus. Dann eben nicht, dachte Sonja.

»Und was seid ihr? Faune?«
Becko legte die Ohren an. »Was sind Faune?«
»Hm – das sind so Leute wie ihr. Nur kleiner. Mit Hufen.«
»Wir haben keine Hufe.«
»Nein, das sehe ich auch. Was seid ihr denn nun?«
»Die Herde«, murmelte Becko. »Isiturri.« Er fasste die Frau an der Hand, und sie tappten an Nachtfrost und Sonja vorbei auf die Schlucht zu.
»Wartet!«, rief Sonja. »Wo wollt ihr denn hin?«
Sie drehte sich um. Große dunkle Tieraugen schauten ihr ins Gesicht, und sie hatte keine Ahnung, was sie in ihr sahen. »Wir gehen nach Hause«, sagte Becko.
»Aber ihr habt doch gesagt, da ist nichts mehr!«
»Es ist Frühling«, sagte die Frau. »Das Gras wird wieder wachsen. Wir suchen uns eine neue Herde.«
»Eine Herde? Sind das eure Leute?«
»Ich habe starke Hörner«, sagte der Mann stolz. »Ich werde um meine neue Herde kämpfen!«
Mit jedem Wort verstand Sonja sie weniger. »Und – was ist mit mir?«
Die Augen blieben dunkel und leer. »Du wirst dem Culuno folgen. Alle Menschen tun das.«
»Nein! Ich habe doch damit nichts zu tun!«
*Wirklich nicht?*, fragte Nachtfrost ganz ruhig, und Sonja stockte. Hatte sie wirklich nichts mit dem Krieg zu tun? Mit den Nomaden, die gegen den Spürer kämpften? Mit den Alten Völkern, die sie im Winter um Hilfe gebeten hatte? Mit Darian, dem Prinzen dieses seltsamen Landes, und Elri, der Gestaltwandlerin und Erbin einer zerbrochenen Stadt, und Lorin, ihrem fürsorglichen Bruder, und Nachtfrost, dem Boten der Göttin? Unwillkürlich tastete sie nach dem Wolfskopfamulett, das an seiner Kette um ihren Hals

hing, und ein neuer Gedanke schoss ihr durch den Kopf. Waren auch diese Ziegenmenschen ein Altes Volk? »Wartet! Könnt ihr uns nicht helfen? Dieser Krieg – das ist doch nur, weil die Nebeldämonen über das Land hergefallen sind! Die Menschen kämpfen gegen sie, nicht gegen euch! Und die Tesca helfen uns, und –«
Die beiden erschauerten. »Unsere Herde ist tot«, sagte Becko. »Das war der Culu–«
»Aber es gibt doch auch gute Menschen! Nicht alle sind solche Monster!«
»Mensch«, sagte die Frau, es klang wie ein Schimpfwort. Ganz offensichtlich machte es für die Ziegenleute keinen Unterschied, ob Sonja irgendetwas Böses getan hatte oder nicht. Sie war ein Mensch. Sie gehörte dazu. Die Frau drückte ihr Kind an sich, zog Becko an der Hand, und sie liefen aus der Sackgasse heraus und zurück dorthin, woher sie gekommen waren.
»Wartet!«, rief Sonja ihnen nach, aber sie schauten sich nicht mehr um.
Sie blickte ihnen nach, verwirrt und verletzt. Was waren denn das für seltsame Leute? »Die waren ja blöd«, murmelte sie, ging zu Nachtfrost und legte ihren Kopf an seinen Hals. »Und was machen wir jetzt? Wo sind wir hier denn überhaupt?«
Nachtfrost wandte den Kopf und strich ihr mit dem Maul über die Schultern. *Wir sind weit im Südosten von Parva. Nördlich von hier liegt Endra, südlich Tinaltan. Dort lebten vor dem Krieg die Kari und die Marui.*
All diese Namen hatte sie schon einmal gehört. Es schien eine Ewigkeit her zu sein, dass Ganna, die Anführerin der Nomaden, ihr von den anderen Stämmen erzählt hatte, die gegen die Dämonen aus dem Nebelmeer kämpften.

Aber bei ihrem letzten Besuch hatte Ganna gesagt, dass die Stämme des Ostens auf der Flucht waren.
»Gibt es hier Dämonen?«, fragte sie ängstlich.
*Ja,* erwiderte Nachtfrost, und das war ganz und gar nicht das, was sie hören wollte. *Steig auf.*
Sie griff in seine Mähne und schwang sich auf seinen schwarzen Rücken. »Wo gehen wir hin?«
*Wohin willst du?*
»Nach Hause! Ich kann Melanie nicht so im Stich lassen!«
Nachtfrost schnaubte und trabte los.

Aber etwas stimmte nicht. Nebel quoll aus dem Boden und den Felswänden der Schlucht. Es war weder hell noch dunkel, ein graues Zwielicht, das sich nicht veränderte. Sonja wusste nicht, wie spät es gewesen war, als sie in Parva angekommen waren; auf jeden Fall ging weder die Sonne auf, noch wurde es Nacht. Sie legte den Kopf in den Nacken, aber die Felswände verschwammen im dichten Nebel, der von allen Seiten kam. Nachtfrost galoppierte mit flach an den Kopf gelegten Ohren, Mähne und Schweif silberne Flammen in diesem seltsamen Unlicht, aber es wurde nicht so dunkel, wie es zwischen den Welten sein musste, und sie schienen überhaupt nicht vom Fleck zu kommen.
Sonja beugte sich dicht über den Hals des schwarzen Einhorns. »Was ist los?«
*Etwas versperrt mir den Weg!*
»Was? Aber –«
*Halt dich fest!*
Sie krallte sich in der Mähne fest und presste ihre Beine fest an seinen Körper. Er galoppierte schneller, die Felswände flogen an ihnen vorbei, dass es Sonja schwindlig wurde, aber eigentlich hätten sie sich längst im Nebel zwischen

den Welten auflösen müssen. Sonjas Herz schlug bis zum Hals, und eine schreckliche Angst stieg in ihr auf. Etwas versperrte den Weg! Aber was? Sie konnte nichts sehen!
Doch, sie sah etwas. Sie spähte durch die peitschende Mähne nach vorne, an Nachtfrosts Kopf vorbei, und sah etwas Riesiges, das die ganze Breite der Schlucht ausfüllte. Es war dunkel und formlos und rührte sich nicht, aber je näher sie kamen, desto deutlicher erkannte Sonja, dass es doch Bewegung gab – die Oberfläche schien sich unablässig zu verändern. Formen tauchten auf, verdrehten sich, schlangen sich ineinander und verschwanden wieder.
Nachtfrost wurde plötzlich langsamer, fiel in Trab, blieb stehen. Er starrte nach vorne auf das Ding, hatte die Nüstern weit gebläht, und ein Zittern lief durch seinen Körper.
Das Ding schien größer zu werden.
Nein.
Es kam näher.
Es war groß wie ein Haus, formlos und schwarz, eine Masse, die zu brodeln schien. Tödliche Kälte ging von ihm aus, und die Luft schmeckte plötzlich bitter und schmerzte in den Lungen.
Sonja starrte dem Ding entgegen, gelähmt vor Entsetzen, und Nachtfrost schien sich genauso wenig rühren zu können wie sie.
Das Ding öffnete ein riesiges Maul, und sie starrten in einen schwarzen, brodelnden Abgrund.
Mit einem Schrei, der Sonja mehr Angst einjagte als alles andere, warf Nachtfrost sich herum und floh. Sonja krallte sich an ihm fest, halb bewusstlos vor Angst, und eins wusste sie genau: wenn sie jetzt herunterfiel, würde er nicht anhalten, um sie zu retten. Er würde nicht anhalten können. Zum ersten Mal, seit sie ihn kannte, war Nachtfrost

nicht mehr als ein panikerfülltes Tier, und er ging durch. Er raste zwischen den endlosen Felswänden dahin, und die wirbelnde Masse folgte ihnen, und ihr ganzes Leben lang würde Sonja sich an diese Flucht erinnern und schreiend aus ihren Träumen aufwachen, und das wollte sie auch jetzt – aufwachen, aufwachen! –, aber sie wachte nicht auf, der Hufschlag warf ein donnerndes Echo gegen die Felsen, und das Monster glitt ebenso schnell vorwärts, wie Nachtfrost laufen konnte. Nachtfrosts Fell war schweißnass, Schaumfetzen flogen von seinem Maul in seine Mähne, und noch nie war ein lebendes Wesen so schnell galoppiert, aber er konnte dem Ungeheuer nicht entkommen.

Und plötzlich wurde er langsamer.

»Nein!«, kreischte Sonja. »Nicht! Lauf! Lauf doch! Bitte!«

Er galoppierte, trabte, blieb stehen. Er zitterte am ganzen Körper und senkte den Kopf – doch nur für einen Moment. Dann wandte er sich um und schaute dem Monster entgegen, bereit zum Kampf.

»Nachtfrost!«, schrie Sonja.

Ein ganz kurzer Gedanke berührte sie – liebevoll, abschiednehmend –, und dann bäumte er sich auf und warf sie ab. Und während sie noch durch Luft und Nebel flog und seinen Namen schrie, sah sie, wie er auf das Monster zu galoppierte.

Dann waren Einhorn, Ungeheuer und Schlucht im Nebel verschwunden, und sie flog und flog und stürzte und landete an einem hellen Frühlingstag im hohen Gras unmittelbar vor den gigantischen Hufen eines Birjaks.

# Die zerrissene Brücke

»Das ist ja ein schöner Mist«, sagte Philipp. »Euch kann man wirklich keine fünf Minuten aus den Augen lassen!«
Melanie antwortete nicht, weil sie damit beschäftigt war, eine Klopapierrolle auseinanderzuwickeln und hineinzuheulen. Natürlich hatte sie nicht heulen wollen, aber während sie Philipp erzählt hatte, was passiert war, war alles plötzlich über ihr zusammengebrochen: Sonja und Nachtfrost weg, Ben verhaftet, die Bedrohung durch diesen Trischer – wen wunderte es da, dass sie ein Bündel Klopapier nach dem anderen vollweinte? Philipp, gutherzig wie er war, hatte ihr einen leeren Papierkorb hingestellt, der sich beängstigend schnell mit zerknülltem weißem Zellstoff füllte, und als die erste Rolle leer war, ging er ins Badezimmer und brachte ihr noch eine.
»... und dabei hatten wir gerade gefrühstückt«, schluchzte sie. »Und ich wollte Santana putzen und ausmisten und –«
Philipp schüttelte nur den Kopf. »Was findet ihr Mädchen bloß so toll daran, Pferdemist zu schippen?«
Sie hatte Philipp noch nie leiden können. Wie hatte sie sich nur einbilden können, in ihn verliebt zu sein? »Du bist blöd!«, heulte sie. »Du hast überhaupt keine Ahnung!«
»Nein, hab ich auch nicht«, sagte Philipp nüchtern. »Ich finde es viel wichtiger, dass Ben schleunigst wieder da herauskommt. Damit erledigt sich nämlich der ganze Rest fast von selbst – der Hof, die Pferde, der Hund ...«

»Und was ist mit Sonja und dem Buch?«
»Wunder dauern eben etwas länger.« Er setzte sich neben sie auf das Bett. »Warum haben sie ihn denn überhaupt mitgenommen? Was haben sie gesagt?«
»Irgendwas über Fluchtgefahr, und dass die zuständige Stelle erst am Montag wieder besetzt ist. Aber das dauert viel zu lange, und was ist dann mit Sonja und Nachtfrost?«
Melanie schniefte ins Klopapier, knüllte es zusammen und ließ es in den Papierkorb fallen. Aber Nase und Augen liefen noch immer über – jetzt war sie nicht nur unglücklich, sondern auch nicht mehr verliebt, weil Philipp nämlich ein roher, gefühlloser, blöder Klotz war, und das war überhaupt das Allerschlimmste.
»Hm«, sagte der Klotz nachdenklich. »Ich sage es ungern, aber ich glaube, wir sollten mit deinen Eltern reden.«
Vor Schreck hörte Melanie sofort auf zu weinen. »M-mit meinen Eltern? Wieso?«
»Glaubst du nicht, es wäre schlau, mit einer Rechtsanwältin und einem Richter zu reden, wenn jemand unter so vagen Anschuldigungen eingesperrt wurde?«
»Hm – doch.« Toll, jetzt hielt Philipp sie auch noch für dumm. Und bestimmt sah sie furchtbar aus mit den verheulten Augen und der triefenden Nase. Na gut, dann sah sie eben furchtbar aus! Das war Philipp doch sowieso egal, und ihr schon lange! Sie schnäuzte sich heftig, schmiss die Überreste in den Papierkorb und stand auf. »Ich muss sowieso nach Hause.«
»Und ich muss mir mal wieder überlegen, was ich meinen Eltern erzähle. Hättest du nicht eine von den Alraunen mitbringen können?«
»Und wer von uns beiden hätte sie verzaubert, sodass sie wie Sonja aussieht?«

»Ben. Da ich ihn sowieso besuchen werde –«

»Aber Ben macht so etwas nicht. Er hat uns mal gesagt, dass seine Magie nicht in unsere Welt gehört. Sonst ... sonst hätte er ja auch einfach die Polizisten verwandeln können oder so.« Schon stiegen ihr die Tränen wieder in die Augen, und sie wischte sie zornig weg.

Philipp seufzte. »Wäre ja auch zu einfach gewesen. Na schön, komm.«

Er schmuggelte sie an seiner Mutter vorbei und aus der Wohnung. Weil sein Auto noch nicht repariert war und Melanie mit dem Fahrrad gekommen war, holte er sein Moped aus der Tiefgarage, und sie machten sich auf den Weg. Unterwegs warf Melanie ein paar heimliche Blicke zu ihm hinüber. Warum musste Sonja bloß einen so gut aussehenden Bruder haben? Er hatte grüne Augen, seine dunklen Haare wehten im Fahrtwind, seine schwarze Lederjacke sah einfach cool aus, und abgesehen davon, dass er roh, gefühllos, herablassend und blöd war und Pferde nicht mochte, fand sie ihn eigentlich ziemlich toll. Aber das war natürlich Blödsinn, und sie konnte auch aufhören, sich etwas vorzumachen. Erstens war er viel zu alt für sie und würde sich vermutlich demnächst eine Freundin suchen, die mindestens schon siebzehn war. Und zweitens war Melanie Vittori für ihn nichts weiter als die lästige Freundin seiner kleinen Schwester. Mehr nicht.

Erst als sie vor dem weißen Bungalow hielten, in dem Melanie mit ihren Eltern wohnte, wurde ihr plötzlich klar, dass dies kein einfaches Gespräch werden würde. Sie konnte sich noch sehr gut an den Tag erinnern, als Sonja mit ihrem Fahrrad mitten in die Herbstblumen vor dem Haus hineingefahren war, weil Frau Vittori Philipp als »Kriminellen« bezeichnet hatte. Vor ein paar Jahren hatte

Philipp sein Moped so frisiert, dass es nicht nur achtzig Kilometer in der Stunde fahren konnte, sondern dabei auch noch klang wie ein startender Düsenjäger. Damit war er durch die kleine Stadt gebrettert, verfolgt von vier Polizeiwagen, hatte die folgende Nacht in einer Gefängniszelle verbracht und war anschließend von Herrn Vittori zu zweihundert Sozialstunden und einer Geldstrafe verurteilt worden. Melanies Mutter hatte mal gesagt, es täte ihr richtig leid, dass Leute wie Philipp Berger heutzutage nicht mehr nach Australien abgeschoben werden dürften.

Und jetzt stand das – mittlerweile wieder unfrisierte – Moped vor Familie Vittoris Haus, und Philipp marschierte schnurstracks auf die Tür zu und klingelte.

Hoffentlich ist Mama nicht da, dachte Melanie. Mit Papa kann man wenigstens reden, aber –

Mama öffnete die Tür. Und Mama wurde ganz weiß um die Nase, als sie Philipp neben ihrer Tochter stehen sah. »Melanie!« Ihre Stimme war schrill. »In dein Zimmer! Sofort!«

»Tag«, sagte Philipp. »Ich möchte mit Ihnen reden.«

»Sie! Verlassen Sie sofort mein Grundstück! Melanie! Hast du nicht gehört?«

Melanie zögerte. Wenn sie jetzt gehorchte, würde Mama Philipp einfach die Tür vor der Nase zuschlagen. Wenn sie aber nicht gehorchte, würde sie mächtigen Ärger bekommen. »Mama, wir müssen dich was fragen!«

»Sozusagen eine Rechtsberatung«, ergänzte Philipp.

Frau Vittori musterte ihn angewidert. »Wenn Sie eine Rechtsberatung brauchen, fragen Sie Ihren Bewährungshelfer!«

Philipp seufzte. »Können Sie von dem Trip mal wieder runterkommen, Frau Vittori? Ich bin weder ein Dieb noch ein Mörder, und ich brauche einfach nur ein paar Tipps, um

einem Freund zu helfen, der in der Klemme steckt. Wovor haben Sie eigentlich solche Angst?«
»Angst? Ich habe keine Angst – schon gar nicht vor Ihnen! Ich will nicht, dass meine Tochter sich mit Kriminellen abgibt!«
»Zu spät«, antwortete er gelassen, und allein dafür wäre Melanie ihm am liebsten um den Hals gefallen. »Vertrauen Sie doch einfach darauf, dass Melanies guter Einfluss mich auf den Pfad der Tugend zurückbringt – oder so ähnlich. Und seien Sie mal ein bisschen professionell. Man sollte ja fast meinen, dass Sie keine Rechtsberatung machen wollen. Ich dachte, so etwas ist Ihr Job.«
Frau Vittori schnappte nach Luft. »Komm ins Haus, Melanie! Sofort!«
Melanie schüttelte den Kopf. Um nichts in der Welt wollte sie das verpassen. Und jetzt gerade stand sie so fest und unverrückbar auf Philipps Seite wie noch nie zuvor. Er hatte recht – worüber regte Mama sich überhaupt so auf? Warum verabscheute sie ihn so sehr? Doch sicher nicht wegen eines frisierten Mopeds?
»Ich will Ihnen mal etwas sagen«, zischte Melanies Mutter. »Ich habe jetzt Feierabend. Meine Sprechzeiten sind montags bis freitags von neun bis zwölf Uhr. Wenn Sie dann in mein Büro kommen, bin ich vielleicht bereit, mich mit Ihnen abzugeben. Aber nicht in meinem Privatleben! Melanie, zum letzten Mal, komm rein – oder du kannst gleich ganz draußen bleiben!«
Das war wie ein Schlag mitten ins Gesicht. Melanie zuckte zusammen und starrte ihre Mutter ungläubig an. »Mama!«
Ihre Mutter biss sich auf die Lippen und war plötzlich auch sehr blass. »Schon gut. Ich habe es ja nicht so gemeint! Kommst du nun oder nicht?«

»Geh schon«, sagte Philipp, hob die Hand und berührte ganz kurz Melanies Schulter. »Du hörst es ja selbst – sie will uns nicht helfen. Also werde ich heute Nacht meine kriminellen Helfershelfer zusammentrommeln und mir eine Straßenschlacht mit der Polizei liefern. In dem Chaos kann Ben dann bestimmt entkommen.«
Davon war natürlich kein Wort ernst gemeint, aber Melanie wusste sowieso nur eins: dass diese winzigkleine Berührung gerade ein vorsichtiger Versuch gewesen war, sie über die bösen Worte ihrer Mutter hinwegzutrösten. Und sie war plötzlich ganz, ganz sicher, dass sie in ihrem Leben noch nie jemanden so sehr gemocht hatte wie Philipp Berger.
Also umarmte sie ihn. Und dann riss sie sich los, hochrot im Gesicht, und flüchtete an ihrer Mutter vorbei ins Haus. Sie zog und zerrte an den Reitstiefeln, schleuderte sie von den Füßen und rannte in ihr Zimmer. Dort warf sie sich der Länge nach auf ihr Bett und kniff die Augen zu.
Etwas später ging die Zimmertür auf. Melanie blickte nicht hoch, weil sie sowieso wusste, was jetzt kam: Vorwürfe, Ärger, irgendeine Strafe. Es war ihr egal. Alles war egal.
»Du gehst nie wieder dorthin«, sagte ihre Mutter ganz ruhig. »Nicht zu diesem Hof. Nicht zu diesen Leuten. Du wirst in der Schule nicht mehr mit diesem Mädchen reden. Du wirst ab sofort jeden Tag sofort nach der Schule nach Hause kommen, deine Hausaufgaben machen und mich danach fragen, ob du zur Reitschule Kochmann fahren darfst. Hast du mich verstanden, Melanie?«
Melanie hob den Kopf aus dem Kissen, schaute ihre Mutter an und setzte sich auf. »Ja.«
Etwas in ihrem Gesicht schien ihrer Mutter nicht zu gefallen. »Und du versprichst mir, dich daran zu halten.«

»Nein.«
»Nein? Was soll das heißen?«
»Nein heißt nein«, sagte Melanie. »Ich habe Sonja schon einmal im Stich gelassen, aber das tue ich nie wieder. Sie ist meine beste Freundin, und ich muss ihr helfen. Und Philipp ist der netteste Mensch der Welt, aber du siehst nur, dass er einmal was Blödes gemacht hat. Du bist echt gemein, und ich hasse dich!« Sie erschrak selbst, als sie sich das sagen hörte – aber jetzt war es zu spät, um noch irgendetwas zurückzunehmen. Und sie wollte es auch nicht zurücknehmen. Sie hatte den Weißen Schwestern widersprochen, zwei bösartigen, uralten Hexen, und da sollte sie es nicht wagen, ihrer eigenen Mutter zu widersprechen? Trotzdem war sie ziemlich froh, dass sie saß und ihre Beine nicht zittern konnten, während sie auf die Explosion wartete.
Aber ihre Mutter schaute sie nur an und sagte gar nichts. Dann drehte sie sich um, ging hinaus und machte die Tür hinter sich zu. Und Melanie fand heraus, dass man wütend, traurig, verletzt, trotzig, schuldbewusst, verzweifelt und verliebt sein konnte – alles auf einmal.

Das Abendessen verlief in feindseligem Schweigen. Melanies Stiefvater war nicht da; samstags traf er sich immer mit seinen italienischen Freunden, und dieser Abend war der einzige in der Woche, an dem es ›deutsches‹ Abendessen gab. Manchmal machte Melanies Mutter Salat, Pfannkuchen oder Rührei, aber heute stellte sie nur wortlos Brot, Käse und Wurst auf den Tisch und schaltete den Fernseher ein. Das war im Hause Vittori das Zeichen dafür, dass keinerlei Unterhaltung erwünscht war. Melanie versuchte es gar nicht erst. Ihre Mutter saß zwar nur einen Meter von ihr

entfernt, aber es hätten genauso gut auch ein paar hundert Meter sein können.
Nach dem Essen setzte sich Frau Vittori auf die Couch und schaltete so lange durch die Programme, bis sie eine Gerichtsshow fand. Manchmal hörte Melanie ganz gerne ihren bissigen Kommentaren zu, aber heute räumte sie so schnell wie möglich den Tisch ab und verzog sich in ihr Zimmer.
Hoffentlich kam Papa bald nach Hause. Für einen Stiefvater war er wirklich in Ordnung – zumindest brachte er es fast immer fertig, einen Streit zwischen Melanie und ihrer Mutter zu schlichten und die Stimmung wieder aufzulockern. Und so einen schlimmen Streit wie heute hatten sie noch nie gehabt.
Es tut mir nicht leid, dachte Melanie. Kein einziges Wort tut mir leid.
Aber das versteinerte Gesicht ihrer Mutter stand ihr die ganze Zeit vor den Augen, und selbst im Konservengelächter des Fernsehpublikums hörte sie das Schweigen.
Um sich abzulenken, zog sie das große Buch hervor, das sie unter der Bettdecke versteckt hatte. Es war dick und schwer und roch nicht wie ihre anderen Bücher nach Papier, sondern nach Leder, Stroh, Stall und anderen Dingen, die Melanie nicht benennen konnte. Vor allem roch es alt.
Vorsichtig klappte sie den schweren Ledereinband um. Die einzelnen Blätter waren aus einem gelblichen Material, rauer und schwerer als Papier, und auf jeder Seite begann der Text mit einem großen, verschnörkelten Schriftzeichen und lief dann in engen, mit dicker Feder geschriebenen Linien weiter.
Melanie konnte keinen einzigen Buchstaben entziffern. Ein wenig hatte sie auf den Sprachzauber gehofft, der ihr, Sonja

und Darian bisher geholfen hatte, die Sprache der fremden Welt zu verstehen und zu sprechen, aber hier schien es nicht zu klappen.

Sie schloss das Buch wieder, beugte sich vor und schob es unter das Bett. Dann legte sie sich auf den Rücken, verschränkte die Arme hinter dem Kopf und schaute nach oben an die Zimmerdecke.

Morgen fahre ich zu Philipp, dachte sie. Vielleicht können wir Ben besuchen. Oder irgendwas tun.

Es kribbelte in ihrem Bauch. Sie freute sich darauf, Philipp wiederzusehen, aber gleichzeitig hatte sie ein wenig Angst davor.

Wie es Sonja wohl ging? Sicher war sie wieder bei den Elarim. Vielleicht schlief sie bei Elri und Lorin im Zelt oder ritt mit ihnen über die Steppe. Und was war aus Beyash geworden, dem wunderschönen Fuchswallach, der Melanie auf ihrem Ritt durch das Sternrückengebirge getragen hatte? Ob sie eine andere Reiterin für ihn gefunden hatten? Hoffentlich sah sie ihn überhaupt jemals wieder. Aber weil sie eine Wächterin der Nebelbrücke war, sozusagen ein Ankerpunkt für Nachtfrosts Zauber, konnte sie die Brücke selbst nicht benutzen. Wenn sie je wieder nach Parva reisen wollte, musste sie durch das chaotische Geisterreich gehen, und davor hatte sie schlicht und einfach Angst. Dort konnte sie verloren gehen, keinen Ausweg mehr finden, und kein Einhorn würde jemals kommen, um sie zu retten. Sonja hatte es besser, die konnte nach Belieben über die Nebelbrücke reiten.

Melanie hatte die Nebelbrücke nie gesehen, nur einen ganz kurzen Blick auf Nebel und Finsternis erhascht, aber sie konnte sie spüren. Der unsichtbare silberne Faden, der sie mit Sonja verband, war beinahe nicht mehr unsichtbar, wenn sie die Augen schloss. Sie konnte ihn spüren, wie ein hauchdünnes Band, das sich über den Abgrund zwischen den Welten spannte ...

– und plötzlich zerriss.

Es war ein grausiges Gefühl, und es tat weh – wie ein sehr großes Pflaster, das urplötzlich von ihr abgerissen wurde, und nicht nur vom Bein oder Arm, sondern von ihrem ganzen Körper und aus ihrem Kopf. Sie hörte sich schreien, es tat weh, schrecklich weh, und sie taumelte aus dem Bett und brach zusammen, weil ihre Beine sie nicht trugen. Sie konnte nichts mehr sehen, alles war schwarz, es gab kein oben oder unten mehr, und sie spürte, wie sie fiel –

»Melanie!« Eine Stimme, weit weg. Jemand schlang die Arme um sie und hielt sie fest. Das musste Papa sein, Mama umarmte sie nie. »Sonja«, stammelte sie und wusste nicht, ob sie es laut gesagt hatte oder nicht. »Sonja! Nachtfrost! Ich muss – ich kann nicht – die Brücke –!«

»Was?«, sagte die Stimme. »Melanie! Melanie, kannst du mich hören? Melli! Sag etwas!«

Das war nicht Papa. Der wusste, wie sehr sie es hasste, Melli genannt zu werden. Es konnte aber auch nicht Mama sein, die Kosenamen für unter ihrer Würde hielt. Wer hielt sie da fest? Melanie kniff die Augen zu und riss sie wieder auf. Noch immer war die Welt schwarz, aber in der Mitte wurde es hell, als ob sie versuchte, durch ein Loch in einer schwarzen Pappscheibe zu gucken. Sie sah Augen, weit und voller Angst. Das Loch in der Scheibe wurde größer. Eine Nase, ein Mund, der irgendetwas sagte, Fragen stellte. Blonde Haare, schicke Frisur, ein dunkles Kostüm.

Mama.

Das konnte doch gar nicht sein ... oder doch?

»Mama ...?«, flüsterte sie.

Ihr Blickfeld dehnte sich weiter aus. Pferde galoppierten an den Wänden entlang. Ein Schreibtisch, ein Bett, ein Schrank. Ein Bücherregal. Alles schien nicht ganz wirklich zu sein, hinter allem lag eine schreckliche Finsternis. Leere. Die Brücke war weg.

Die Brücke, die die Weißen Schwestern, Ganna und Asarié, tausend Jahre lang gehütet hatten. Der Zauber des Einhorns, der Weg zwischen den Welten.

Verschwunden, als hätte es ihn nie gegeben.

Sie merkte, dass sie am ganzen Körper zitterte. Ihr war kalt, sie fror und schwitzte zugleich. Ihr Magen war ein kalter Stein, und ihr war übel vor Angst.

Sonja. Und Nachtfrost.

»Kannst du aufstehen?« Ihre Mutter stützte sie und half ihr hoch. Sie war kreidebleich. »Erst mal ins Bett. Ich rufe einen Arzt an. Ich begreife das nicht – war es das Essen? Aber die Wurst war ganz frisch – vielleicht die Butter oder der Käse – warum hast du nur so geschrien?«

Hatte sie geschrien? Sie konnte sich nicht daran erinnern.

»Mama ... kann ich ... das Telefon ...«

»Wie bitte? Du telefonierst jetzt nicht! Nicht in diesem Zustand – du legst dich sofort ins Bett! Ich rufe einen Arzt.«

Das klang schon viel eher nach dem üblichen Tonfall ihrer Mutter. »Nein, Mama, bitte – ich muss Philipp anrufen – mit Sonja ist etwas passiert!«

Mama wurde ganz starr. »Bergers anrufen? Habe ich dir nicht vorhin erst gesagt –«

Das Telefon klingelte.

»Das ist Philipp.« Melanie versuchte, sich aufzusetzen, aber ihre Mutter hielt sie zurück. »Mama! Bitte! Ich muss unbedingt mit ihm reden!«

»Du bleibst liegen«, sagte Frau Vittori und stand auf.

»Woher willst du das überhaupt wissen? Wahrscheinlich ist es dein Vater, der –«
»Mama, bitte, geh dran!«
»Ich gehe sowieso dran«, sagte ihre Mutter scharf. »Und du bleibst liegen!«
Sie verließ das Zimmer. Melanie sank in ihr Kissen zurück. Sie fror noch immer so sehr, dass ihre Zähne klapperten.
»Nein«, hörte sie ihre Mutter sagen. »Das kommt überhaupt nicht infrage. Melanie ist krank, und wenn ich herausfinde, dass Sie etwas damit zu tun haben, dann –« Sie verstummte und schien eine Weile zuzuhören. Endlich sagte sie: »Sie also auch. Dann kann es nicht die Wurst gewesen sein – wie? Nein, ich habe nicht mit Ihnen gesprochen, wie käme ich dazu?«
Gleich darauf kam sie in Melanies Zimmer und hielt ihr wortlos das Telefon hin.
Melanie nahm es und presste es ans Ohr. »Philipp?«
»Ja, sicher«, sagte Philipps Stimme. »Melanie, ist bei dir alles in Ordnung? Ich bin gerade fast umgekippt. Ich bin nicht ganz sicher, aber ich glaube, irgendwas ist mit der Brücke –«
»Sie ist weg«, sagte Melanie mit zitternder Stimme. »Philipp – die Brücke ist weg. Wie abgerissen.«
Sie hörte Philipp laut und ausdauernd fluchen. Dann kam seine Stimme wieder näher. »Ich fahre sofort zur Polizei. Ich muss mit Ben reden! Ich sage dir Bescheid, okay?« Und weg war er.
Melanies Mutter nahm ihr das Telefon ab. »So, Philipp Berger ist also auch plötzlich krank geworden. Von was für einer Brücke redest du da die ganze Zeit? Was ist mit Sonja? Möchtest du mir das alles vielleicht mal erklären?«

# Das goldene Tal

Der Birjak hielt mitten im Schritt inne, den riesigen Huf noch in der Luft. Der büffelähnliche Kopf senkte sich aus drei Metern Höhe zu Sonja herab, schnaubte ihr einen feinen Sprühregen aus den schmalen Nüstern ins Gesicht und hob sich wieder. Ganz sacht senkte sich das zermalmende Gewicht des Hufes ins Gras, nur wenige Zentimeter von Sonja entfernt. Der zottelige Koloss stieß ein tiefes, widerhallendes Grunzen aus, drehte sich zur Seite und trottete auf seinen sechs Säulenbeinen davon.

Sonja lag im Gras, wie schon einmal vor langer Zeit, und zitterte. Es konnte nicht sein. Es war nicht möglich. Sie konnte Nachtfrost nicht verloren haben, das war ganz und gar ausgeschlossen. Sie war schon einmal von ihm getrennt worden – damals, als er in die Schlucht gesprungen war, um Elris Pony zu retten. Aber auch da war er später unversehrt wieder aufgetaucht, und das würde er auch jetzt tun. Er war ein Bote der Göttin, er war unsterblich, er konnte nicht einfach weg sein, er würde den Dämon besiegen und zurückkommen, so einfach war das, er war nicht tot.

»Er kommt zurück«, flüsterte sie ins Gras, in die warme, trockene Erde. Immer wieder sagte sie es, als müsste sie die Göttin selbst davon überzeugen, dass es so war. Und wenn die Göttin wirklich die ganze Welt war, wie Ganna es ihr gesagt hatte, dann war sie selbst in der Erde und im Gras und musste die Worte hören, musste es erlauben, musste ihn ihr zurückgeben. »Er kommt zurück!«

Ein Schatten zog über sie hinweg. Sie schaute auf. Es war ein zweiter Birjak, der an ihr vorbeitrottete wie eine urzeitliche Macht. Eine ganze Herde war um sie herum in Bewegung; langsam, grasend, gemächlich schritten sie vorwärts, die Köpfe in das hohe Gras gesenkt, die tödlichen, mannslangen Hörner wie Speere zum Himmel gereckt. Es war eine wilde Herde, ohne Reitnester auf dem Rücken; nirgends konnte Sonja Menschen entdecken.
Langsam setzte sie sich auf. Zwar hielt sie es für unwahrscheinlich, dass eine hastige Bewegung die Birjaks erschrecken könnte, aber sie wollte lieber kein Risiko eingehen. Keins der Tiere schaute auch nur zu ihr hin, als sie vorsichtig aufstand und sich umsah.
Sie befand sich am Rand eines Tals, weit wie eine Schale, deren Seiten sanft anstiegen. Wolkenberge zogen über den blauen Himmel. Ein Stück entfernt glitzerte Wasser; vielleicht ein Fluss oder ein See. Irgendwo zwitscherten Vögel, Insekten summten und zirpten, Wind strich über das Gras, in dem tausende von kleinen gelben Blumen wuchsen. Ganz vereinzelt standen Bäume mit ausladenden Kronen, dazwischen hier und da ein paar Felsbrocken, dunkle Tupfer in all dem Grün und Gold und Blau. Es gab keine Berge, nichts, was auf die Schlucht hindeutete, in der sie die Ziegenleute gefunden und Nachtfrost verloren hatte. Falls das überhaupt eine wirkliche Schlucht gewesen war; ganz am Schluss musste sie ein Teil des Nebelbrückenzaubers gewesen sein. Sonja fröstelte unwillkürlich.
Gibt es hier Dämonen?
*Ja. Halt dich fest.*
Hätte sie sich auch festhalten sollen, als Nachtfrost sich zu dem Dämon umgedreht hatte? Hätte sie ihm helfen können – vielleicht mit dem Amulett? Aber nein – er hatte sie

abgeworfen. Sie war oft genug von Pferderücken heruntergefallen, um einen einfachen Sturz von einem Abwurf unterscheiden zu können.
Was sollte sie jetzt tun? Warten, bis Nachtfrost zurückkam? Dies hier musste der einsamste und menschenleerste Ort der Welt sein; wovon sollte sie leben, wenn es länger dauerte? Gras konnte sie wohl kaum essen. Sie erinnerte sich, dass sie sich im Winter gewünscht hatte, Parva im Frühling zu sehen – aber nicht allein. Sie kannte die Pflanzen nicht, sie wusste nicht, welche davon essbar und welche giftig waren, sie würde gefährliche Tiere erst bemerken, wenn es zu spät war, und es gab in dieser Welt Geister und Zwischenwesen, die gefährlicher waren als wilde Tiere und die sie nicht einmal erkennen würde, bis es zu spät war. Sie konnte kein Feuer machen, und sie hatte keine Waffe –
Doch, sie hatte eine. In einer Lederscheide an einem schmalen Band um ihre Hüften hing ihr Messer, das sie von Asarié bekommen hatte. Sie konnte sich nicht erinnern, es mitgenommen zu haben – ganz sicher hatte sie es während des Pferderennens und auf Gut Stettenbach nicht gehabt. Sie zog es aus der Scheide und schaute es an. Die Magie des Landes musste es ihr gegeben haben – so, wie sie auch bei jeder Reise die Sprache der Bewohner von Parva verstand. Es war ein nicht geringer Trost – immerhin bedeutete es, dass sie nicht ganz vergessen worden war. Irgendjemand oder irgendetwas hatte dafür gesorgt, dass sie ihr Messer bei sich hatte. Es gab noch immer eine Absicht hinter allem.
Sie schob das Messer wieder in die Scheide. Wahrscheinlich war es unbescheiden, sich auch einen warmen Pullover, eine Straße, ein Ziel und Nachtfrost herbeizuwünschen. Sie tat es trotzdem und war nicht überrascht, als nichts geschah. Vielleicht wachte die Göttin Aruna wirklich über

sie, aber ein Schlaraffenland spendierte sie ihr nicht, und – Plötzlich durchzuckte es sie wie ein Blitz. Das Amulett! Sie konnte das Wolfskopfamulett benutzen! Es hatte ihr schon einmal geholfen, Nachtfrost wiederzufinden! Warum hatte sie nicht früher daran gedacht? Da lief sie seit Monaten mit einem magischen Amulett herum und benutzte es nicht!
Ihre Finger zitterten, als sie das Amulett an seiner Kette über den Kopf zog und die Hand ausstreckte. Beim ersten Versuch hatte sie nicht an Magie geglaubt, und Darian hatte ihr versichert, dass es darauf auch gar nicht ankam. Wichtig war nur, wie sehr sie sich wünschte, Nachtfrost wiederzufinden. Und an diesem Wunsch konnte auch das kritischste Amulett nicht zweifeln. Sie wünschte es sich so sehr, dass es fast schmerzte – so sehr, dass eigentlich allein die Sehnsucht das Tor zur Nebelbrücke hätte öffnen müssen.
Sie schloss die Augen, streckte die Hand mit dem Amulett aus und drehte sich langsam im Kreis. Und sie stellte sich Nachtfrost vor: groß und schwarz, mit Sternen im Fell, Mähne und Schweif wie silbernes Feuer, die Augen sanft und dunkel, das edelste und schönste Tier aller Welten. Sie sah ihn vor sich, wie er über Asariés Weide trabte, wie er über die Steppe flog, wie er anhielt und sich aufbäumte und dann zu ihr trabte ... und sie riss die Augen auf, weil sie wusste, dass er da war und zu ihr kam und ...
Da war nichts. Endlos erstreckte sich vor ihr das goldene Tal, summend vor Leben und doch leer und verlassen. Weit und breit war nicht die Spur eines Einhorns zu sehen. Schlimmer noch: das Amulett hatte ihr nicht einmal verraten, in welche Richtung sie gehen musste.
Verflixt noch mal! Wozu hatte dieses Ding sie denn auserwählt, wenn es ihr dann nicht half? Sie versuchte es noch

einmal, aber das Amulett tat nichts. Schwer und kühl lag es in ihrer Hand und weigerte sich, das zu tun, was es tun sollte.

»Du blödes Ding!« Sie kniff die Augen zu und versuchte es noch einmal. Und noch einmal. Da musste einfach etwas sein! Jemand, der genauso nach ihr suchte wie sie nach ihm, jemand, der sie unbedingt wiederfinden wollte, jemand, der sie –

Das Amulett wurde plötzlich ganz warm in ihrer Hand, und Sonja schaute direkt in zwei Augen.

Tot. Grau. Kalt wie Stein.

Irgendwo in einem hohen, dunklen Raum stand ein Mann neben einem erloschenen Kamin und schaute sie an; einer, dessen Seele wie eine Schüssel voll schleimiger Würmer war.

Der Spürer.

Der sie vom ersten Tag an gesucht und gejagt hatte, um ihr das Amulett abzunehmen und sie zu töten.

»Ah«, sagte er. »Da bist du ja endlich. Warte nur, ich hole dich.« Und er hob den Arm, als wollte er über die Entfernung hinweg nach ihr greifen, geradewegs aus dem dunklen Raum und aus dem Amulett heraus.

Mit einem Aufschrei schleuderte Sonja das Amulett von sich. Es flog ins Gras, das Bild des Spürers verschwand, und Sonja rannte fast besinnungslos vor Angst einfach los, egal wohin, nur weg –

Sie rannte, bis sie merkte, dass niemand ihr folgte. Die Birjaks, die kurz die Köpfe gehoben und zu ihr hingeschaut hatten, verloren das Interesse und grasten weiter. Niemand war aus dem Amulett herausgekommen. Es war nur ein Bild gewesen. Trotzdem klopfte ihr Herz noch bis zum Hals, und sie hätte sich selbst ohrfeigen können, weil sie so

dumm gewesen war. Der Spürer suchte nach ihr, und sie selbst hatte ihm verraten, wo sie war! Ob dieser dunkle Raum wohl irgendwo in der Nähe war? Mit neu erwachter Angst sah sie sich um. Vielleicht tauchten jeden Moment Reiter auf, die auf ihren Umhängen das graue Zeichen des Lindwurms trugen, und dann war sie verloren.
Sie musste hier weg, sofort!
Sie rannte zu der Stelle zurück, an der sie gestanden hatte, und versuchte, sich zu erinnern, in welche Richtung sie das Amulett geschleudert hatte. Zum See, oder? Es hatte sich gedreht und einmal kurz aufgeleuchtet, bevor es ins Gras fiel ... nein, da war kein See im Hintergrund gewesen. Wenn sie es nun nie wieder fand? Würde es sich einfach einen neuen Träger suchen? Vielleicht den Spürer? Nein, das würde es nie tun. Egal, was Asarié in der Zerbrochenen Stadt gesagt hatte: Sonja war absolut sicher, dass das Amulett seinen eigenen Willen hatte und genau wusste, was es tat. Wenn sie es hier nicht wiederfand, dann deshalb, weil es nicht gefunden werden wollte. Aber wenn es gefunden werden wollte, würde sie es auch finden. So einfach war das.
Ein paar Minuten später fand sie es dann. Es hatte ein paar hohe Halme umgeknickt und lag im Gras, halb gegen ein paar löwenzahnähnliche Blätter gelehnt, als ob der Wolfskopf Sonja entgegenschauen wollte. Sie hob es auf, streifte sich die Kette wieder über den Kopf und steckte das Amulett unter ihren Pulli. Sie musste aufpassen; vielleicht wurde das Amulett irgendwann wütend, weil sie es andauernd wegschleuderte und nichts mehr mit ihm zu tun haben wollte.
»Ich tu's nicht mehr«, sagte sie und fand es kein bisschen albern, sich mit einem Schmuckstück zu unterhalten. »Ich war nur erschrocken.«

Wie zu erwarten war, antwortete das Amulett nicht, aber Sonja fühlte sich trotzdem besser.
Aber wohin sollte sie jetzt gehen? Wo würde sie in Sicherheit sein? Bei den Nomaden natürlich. Bei Ganna, der einzigen Brückenwächterin, die ihr jetzt noch sagen konnte, wie sie Nachtfrost wiederfinden sollte.
Wenn sie im Südosten des Landes war, musste sie vermutlich nach Westen gehen, um die Elarim wiederzufinden. Aber wo war Westen? Sie kniff die Augen zusammen und blinzelte zur Sonne hoch, die über dem glitzernden Wasser stand. Vielleicht musste sie einfach eine Weile abwarten, wohin die Sonne sich bewegte. Aber dabei durfte sie auf keinen Fall einfach hier stehen bleiben. Vielleicht war es eine gute Idee, zu dem See zu wandern und etwas zu trinken. Hunger hatte sie auch. Irgendwann nachher würde sie probieren, ob das Gras nun essbar war oder nicht.
Also machte sie sich auf den Weg und schaute sich immer wieder um, aber nichts regte sich in dem weiten Tal außer dem Wind über dem Gras und den Birjaks, die so gelassen und majestätisch weiterzogen wie die Wolken am Himmel.

Auf ihrem Weg zum See kam sie an einigen großen Felsbrocken vorbei und beobachtete sie halb ängstlich und halb erwartungsvoll. Ob das alles Trolle waren? Beobachteten sie sie? Oder träumten sie nur im Sonnenlicht und nahmen das winzige Menschengewusel überhaupt nicht wahr? Oder bewegten sie sich, so langsam, dass ein Mensch die Bewegung nicht erkennen konnte? Reglos und schrundig lagen sie da und blieben ungeformter Stein, und mit leiser Enttäuschung wanderte Sonja weiter.
Ganz allein war sie aber doch nicht. Violette Frösche hüpften vor ihr durchs Gras und platschten irgendwo in der

Nähe ins Wasser, seltsame, riesige Libellen schwirrten wie kleine Hubschrauber durch die Luft, überall zwitscherten Vögel. Einmal sah sie ein handgroßes Geschöpf, das aus mehreren grünen Flügeln zu bestehen schien und ein Geräusch von sich gab, das wie ein Kichern klang. Aber als sie stehen blieb, um es genauer anzuschauen, flatterte es davon.

Dann entdeckte sie das Zelt.

Es stand in einer Senke hinter einer kleinen Anhöhe, sodass sie es erst bemerkte, als sie fast hineinlief. Erschrocken zuckte sie zurück und duckte sich ins hohe Gras, wobei sie sich wie eine Indianerin fühlte, die sich an den Feind anschlich. Aber wenn dort wirklich ein Feind war, hatte sie schlechte Karten.

Vorsichtig schob sie sich ein wenig näher an das Zelt heran und hob ein wenig den Kopf, um es besser sehen zu können. Es war eigentlich kein richtiges Zelt, jedenfalls keins, das sie zum Campen benutzt hätte. Es war nur eine dunkelgraue, grobe Sackleinwand, die über ein paar schräg in den Boden gerammte Holzstäbe gespannt war. Vorne und hinten war es offen. Vor dem Zelt zeigte ein Kreis aus kleinen Steinen und verbranntem Holz, dass hier einmal ein Lagerfeuer gebrannt hatte. Aber niemand war zu sehen. Und je länger Sonja das Zelt anschaute, desto deutlicher sah sie, dass es schon eine ganze Weile hier stehen musste. Die Plane war brüchig und verwittert, an den unteren Rändern mit Moos bewachsen und grünlich verfärbt. Ringsherum wucherte das Gras; hier war schon lange niemand mehr umhergelaufen.

Sonja stand auf und näherte sich vorsichtig dem Zelt. Vielleicht waren Spinnen oder Schlangen darin – was wusste sie schon, welche Tiere es hier gab?

Sie trat noch ein paar Schritte näher, bis sie ins Innere des Zeltes sehen konnte. Dort lagen eine halb verrottete Matte und die Überreste einer Decke. Und noch etwas – eine Tasche aus Leder. Zumindest vermutete Sonja, dass es einmal Leder gewesen war. Jetzt war es grau, verschimmelt und vermodert und sah aus, als hätte es jahrelang in einem dunklen, feuchten Keller gelegen.
Sonja kroch in das Zelt, fasste die Tasche mit spitzen Fingern aus und zog sie nach draußen. Wo die Tasche gelegen hatte, blieb ein Fleck dunkler Erde zurück, von dem Asseln und Spinnen ins Gras flüchteten.
Mit ihrer Beute zog Sonja sich von dem Zelt zurück. Die Tasche roch ekelhaft, war aber früher einmal sehr schön gewesen – dunkles, weiches Leder, auf das winzige Holzperlen gestickt waren. Das Muster war jedoch kaum noch zu erkennen. Die Tasche war mit einem Lederband verschnürt, das sich nicht mehr aufknoten ließ. Kurzerhand zog Sonja ihr Messer und schnitt das Band durch. Dann drehte sie die Tasche um und schüttete den Inhalt ins Gras. Drei dicke Asseln fielen heraus und wuselten davon. Sonja zuckte zurück, aber dann wurde ihr Blick von dem gefangen, was außer den Asseln noch herausgefallen war.
Es war ein Stein. Er war etwa fingerlang, weißlich durchsichtig und hatte acht Seiten, die alle glatt geschliffen waren. Es war ein Kristall, so ähnlich wie die Kristalle, die Sonja erst vor wenigen Wochen an einem Stand auf dem Weihnachtsmarkt gesehen hatte. Hübsch, aber nichts Besonderes. Sonja freute sich trotzdem und steckte ihn in die Hosentasche.
Jetzt hatte sie aber wirklich Durst. Der See war nur hundert Meter entfernt. Inzwischen stand die Sonne ein ganzes Stück tiefer als vorher. Das Wasser glitzerte und gleißte wie

eine Straße aus Silber, und Sonjas Augen schmerzten, als sie hinschaute.

Sie machte sich auf den Weg.

Die letzten Meter zum See waren schlammig, und sie war froh, dass sie ihre Reitstiefel anhatte, während sie durch das Gras stapfte. Wollte sie dieses Wasser wirklich trinken? »Abkochen«, hätte Mama jetzt gesagt, aber Sonja hatte ja weder Feuer noch Kessel, und Tiere tranken das Wasser doch auch direkt aus dem See, oder nicht? So schlimm konnte es also gar nicht sein.

Vorsichtig tappte sie vorwärts, bis sie mit den Knöcheln im Wasser stand. Der See sah wunderschön und friedlich aus, und das flache Wasser direkt vor ihr war ganz klar. Sie sah winzige silberne Fische herumflitzen. Wenige Schritte weiter wurde es tief, aber auch dort konnte sie noch alles genau erkennen. Großblättrige Pflanzen wiegten sich dort unten, und ein großer dunkler Fisch schwebte regungslos, mit leise fächelnden Flossen, über einem Stein. Und dann glitt etwas durch die Tiefe, bei dessen Anblick ihr Herz plötzlich bis zum Hals schlug.

Es sah aus wie ein Mensch, ein Mädchen, etwa in ihrem Alter. Am ganzen Körper war es mit silbernen Schuppen bedeckt, und es hatte zwar Arme, einen Menschenkopf mit langen grünen Haaren und einen menschlichen Oberkörper, aber einen langen, geschmeidigen Fischschwanz anstelle der Beine.

Eine Nixe! Sonja hielt den Atem an, um sie nicht zu verscheuchen, und starrte gebannt nach unten. Die Nixe drehte sich auf den Rücken und blickte zu ihr hoch. Sie hatte ein wunderschönes Mädchengesicht mit großen dunklen Augen. Sie lächelte, hob den Arm und winkte.

Unwillkürlich lächelte Sonja zurück und erwiderte das Winken. Wenn Melanie doch nur hier wäre! Mit einer echten Nixe Freundschaft zu schließen –

»Geh nicht zu nahe ans Wasser, sonst ziehen sie dich hinein«, sagte eine Männerstimme hinter ihr.

Sie erschrak so sehr, dass sie fast vornübergefallen wäre. Sie fuhr hoch und wirbelte herum. Im hohen Gras, einige Meter entfernt, stand ein junger Mann. Er sah wie ein Mensch aus, hatte die grau-braune Haut und die dunklen Haare der Nomaden, aber schräg stehende grüne Augen und seltsam spitze Ohren. Er trug eine dunkelbraune Hose, ein hellgraues Hemd und darüber ein dunkelbraunes, besticktes Wams. An seinem Gürtel hing ein kurzes Schwert, und auf dem Rücken trug er einen Langbogen und einen Köcher mit Pfeilen. Er sah aus, als sei er geradewegs einem Fantasybuch entsprungen.

War das nun ein Elf? Gab es wirklich Elfen in Parva? Inzwischen hielt Sonja gar nichts mehr für unmöglich. Mit offenem Mund starrte sie ihn an und stotterte: »W-wer sind Sie?«

»Ich heiße Haelfas«, erwiderte er. »Und du?«

»S-sonja. Sie haben mich erschreckt!«

»Hätte ich es nicht getan, lägst du jetzt im Wasser.«

Sie warf einen Blick zurück. Natürlich war die Nixe verschwunden, ebenso wie der große Fisch. »Sie meinen ... die Nixe hätte versucht, mich zu ertränken?« Das wollte sie nicht glauben!

»Nicht unbedingt, im Grunde wollen sie nur spielen«, erwiderte Haelfas. »Wenn du unter Wasser atmen kannst, ist das kein Problem.«

»Sehr witzig«, murmelte Sonja. »Und eigentlich wollte ich nur was trinken.«

»Da kann ich dir aushelfen.« Er bückte sich nach einem

Bündel, das neben ihm lag, und kramte eine Fellflasche hervor. Er zog einen Korken heraus und hielt Sonja die Flasche hin. »Hier.«
»Was ist das?«
»Wasser, was sonst? Wein oder Bier kann ich mir nicht leisten, und Kelg habe ich nicht. Aber es ist bestes Quellwasser, erst vor einer Woche aus einer dämonenfreien Quelle geschöpft.«
Das klang ja unglaublich beruhigend, besser als jeder Spruch aus dem Werbefernsehen. »Hm ... danke.« Sonja nahm die Flasche und trank. Das Wasser schmeckte ein wenig bitter, aber mittlerweile hätte sie auch Bier oder Wein probiert, nur um ihren Durst zu löschen.
Während sie trank, musterte Haelfas sie von oben bis unten. Vermutlich sah sie für ihn ziemlich seltsam aus: hellhäutig, rundohrig, in Reitstiefeln, Jeans und blauem Pullover, ein Mädchen aus einer anderen Welt, auch wenn er es nicht wusste. Plötzlich fühlte sie sich sehr verwundbar, und es wurde ihr klar, dass es hier weit und breit niemanden gab, der ihr helfen würde, wenn sie in Schwierigkeiten geriet. Und da war noch immer der Spürer, der irgendwann, vielleicht schon bald, hier auftauchen würde.
Sie setzte die Flasche ab und gab sie Haelfas mit einem gemurmelten Dank zurück. »Ich muss jetzt gehen.«
Er betrachtete sie aus rätselhaften schrägen Augen. Ein Elf, dachte sie und erschauerte. Ich bin auf einem Einhorn durch eine fremde Welt geritten, habe Nixen und Werwölfe und Ziegenmenschen gesehen, und jetzt rede ich mit einem Elf.
»Bleib noch«, bat er.
»Nein, ich muss – ich muss weg. Ich kann nicht hierbleiben!«
»Warten deine Leute auf dich?«

»Meine –? Äh … ja.« Sie wedelte mit der Hand in Richtung der Sonne. »Da irgendwo. Gar nicht weit. Auf Wiedersehen!«
Er lachte. »Das trifft sich gut, das ist auch meine Richtung. Vielleicht kann ich mich euch anschließen. Braucht ihr einen Spielmann?«
»Einen was?« Lieber Himmel, wie konnte sie diesen plötzlichen Begleiter nur wieder loswerden?
»Spielmann«, wiederholte der Elf. »Weißt du nicht, was das ist? Ich mache Musik. Ich wandere durch das Land und spiele Flöte – wenn man mich lässt.« Er grinste wie über einen geheimen Witz, den Sonja nicht verstand. »Und außerdem bin ich ein Bote und trage Nachrichten herum.«
»Was für Nachrichten?«
»Alle möglichen. Zurzeit meistens unerfreuliches Zeug, das mit Nebel, Dämonen und Krieg zu tun hat.« Er hob sein Bündel auf und schaute sie erwartungsvoll an. »Gehen wir?«
»Warte«, sagte sie und merkte, dass ihr die höfliche Anrede schon wieder verloren gegangen war. »Du kannst nicht mitkommen. Ich – es – es ist zu gefährlich!«
Haelfas zog eine Braue hoch. »Zu gefährlich? Wieso?«
»Weil … sie keine Spielmänner mögen.«
»Spielleute«, verbesserte er. »Das ist ja schade. Dann wird es aber höchste Zeit, dass sie einen guten Spielmann kennenlernen.«
»Nein!«, rief sie verzweifelt. »Du kannst nicht mitkommen! Ich – ich werde verfolgt!«
Jetzt zog er auch die zweite Braue hoch. »Da kommen wir der Sache schon näher. Wer verfolgt dich?«
»Der Spürer«, flüsterte sie und hatte das Gefühl, als würde der warme Frühlingswind für einen Moment kalt.
Haelfas betrachtete sie aus seinen fremdartigen Augen. Sie

hatte keine Ahnung, was er dachte. »Warum?«, fragte er endlich.
»Das ist ein Geheimnis. Bitte sag niemandem, dass du mich gesehen hast!«
Er schwieg lange. Über dem See lag völlige Stille. Die Sonne sank dem Horizont entgegen und ließ das ganze Tal golden leuchten. Dies musste der schönste, stillste und verwunschenste Ort im ganzen Land sein, und Sonja wünschte sich, sie könnte für immer hierbleiben, mit ihren Freunden … und mit Nachtfrost.
»Du bist die Seelentauscherin, stimmt's?«, fragte Haelfas.
Sonja zögerte, biss sich auf die Lippen und nickte endlich.
»Solltest du nicht mit dem Taithar unterwegs sein?«
Sie nickte wieder, und plötzlich füllten sich ihre Augen mit Tränen. »Er … ich weiß nicht, wo er ist. Er hat auf der Nebelbrücke gegen einen Dämon gekämpft und mich abgeworfen, und ich weiß nicht –« Sie brach ab.
Haelfas wog sein Bündel in der Hand und dachte nach. Endlich sagte er: »Ich werde dich ein Stück begleiten. Seelentauscherin oder nicht, ohne den Taithar wirst du in diesem Land keine zwei Tage überleben können – nicht, wenn der Spürer dich jagen lässt. Ehe du dich's versiehst, läufst du einem seiner Halsabschneider in die Arme … nein. Glaub mir, es ist besser, wenn ich ein bisschen auf dich aufpasse. Hast du übrigens Hunger?«
Sonja schluckte, blickte zu ihm hoch und nickte.

# Bens kleine Tricks

»Meine Tochter«, sagte Frau Vittori, als sie am nächsten Morgen vor der Wohnungstür von Familie Berger stand, »ist verrückt geworden.«
Sonjas Mutter, die in ausgelatschten Tretern, alten Jeans und fleckigem Hemd die Tür geöffnet hatte und zunächst sprachlos gewesen war, musterte sie von der eleganten Frisur über das elegante weiße Kostüm bis zu den eleganten Schuhen und antwortete: »Mein Sohn auch. Möchten Sie hereinkommen?«
»Durchaus nicht«, sagte Frau Vittori, und Melanie schämte sich wieder einmal in Grund und Boden. »Aber mir bleibt wohl nichts anderes übrig.«
Als Melanie ihr folgte, sah sie die Wohnung der Familie Berger zum ersten Mal mit den Augen ihrer Mutter. Was sonst wie ein gemütliches Chaos aussah, wirkte jetzt schlampig und nachlässig. Der Haufen ungeputzter Schuhe vor der Tür. Der Berg schmutziger Wäsche im Flur vor dem Badezimmer. Der staubige Spiegel an der Wand, die abgewetzten Polstermöbel im Wohnzimmer, die Bücherwand, in der die Bücher doppelreihig standen oder lagen, die unzähligen ›Buchkieker‹ – das waren die vielen kleinen Stofftiere, Gnome und Hutzelmännchen, die überall auf und vor den Büchern saßen und vor sich hin staubten ... selbst gemalte Bilder aller vier Kinder waren mit Stecknadeln an die Tapete gepinnt, sogar eine Krakelei von Philipp aus seinem ersten Schuljahr war dabei. In einer Ecke rie-

selten Tannennadeln vom vertrocknenden Weihnachtsbaum. Der Frühstückstisch war – um halb elf! – noch immer nicht abgeräumt, und statt sich nützlich zu machen, lag Sonjas ältere Schwester Corinna auf dem Sofa und blätterte in einer Zeitschrift, während der kleine Bruder Paul seine neue Modelleisenbahn so im Wohnzimmer aufgebaut hatte, dass man nirgendwohin gehen konnte, ohne auf die Schienen zu treten. Paul selber war aus seinem Zimmer zu hören, wo er wieder mal irgendwelche Dinge explodieren ließ. Melanie sah zu, wie ihre Mutter sich umschaute, und spürte geradezu, wie sie diese Wohnung mit der gepflegten, stilvollen Einrichtung ihres eigenen Hauses verglich. Ein »Ambiente« wie zu Hause war das hier ganz bestimmt nicht.

»Setzen Sie sich doch«, sagte Sonjas Mutter, und Melanie fiel auf, wie übernächtigt sie aussah. »Möchten Sie einen Kaffee? Melanie, einen Kakao?«

»Nein, danke«, sagte Frau Vittori steif, zog sich einen Stuhl heran und setzte sich. »Ich möchte nur Klarheit in diese unselige Angelegenheit bringen. Melanie hat mir einen Haufen Unsinn über eine Brücke erzählt, über Tiere, die es nicht gibt –«

»Ein Einhorn, Mama.«

»– was selbstverständlich völliger Unfug ist. Ich möchte mit Sonja sprechen – sie hat das doch wohl alles ausgelöst, soweit ich es verstehe.«

»Sonja –«, begann Frau Berger, aber Corinna ließ ihre Zeitschrift sinken und unterbrach sie. »Sonja ist nicht da, Frau Vittori. Sie haben sich völlig umsonst in die Slums der Unterschicht begeben.«

»Corinna!«, sagte Frau Berger scharf, während Melanies Mutter vor Ärger ganz rot wurde. »Lass das! Frau Vittori,

Sonja ist – nicht da.« Sie rieb sich die Augen. »Seit gestern. Und Philipp hat uns auch nur wirres Zeug erzählt –«

»Wo ist er denn?«, fragte Melanie zaghaft.

»Auf der Polizeiwache. Da ist wohl jemand verhaftet worden, der uns vielleicht helfen kann. So habe ich ihn verstanden. Aber –«

»Er sollte vielleicht mal aufhören, sich mit Kriminellen abzugeben«, sagte Frau Vittori spitz.

»Mama!«, unterbrach Melanie sie empört. »Ben ist nicht kriminell!«

»Nun, wenn er verhaftet wurde, wird es ja wohl einen Grund haben!«

»Aber er wurde ja gar nicht verhaftet«, sagte eine ruhige Stimme vom Flur her, und Ben trat ein, gefolgt von einem grinsenden Philipp. Alle starrten ihn entgeistert an. Melanie hatte nie zuvor gemerkt, wie groß Ben eigentlich war; er musste sich sogar ein wenig ducken, um nicht an der oberen Türkante anzustoßen. Und er war geradezu sagenhaft schwarz, wie ein Schatten, der alles Licht verschluckte; nur seine Augen und Zähne leuchteten, als er Melanie anlächelte. Er trug noch immer dieselben Kleider wie gestern: Reitstiefel, Reithose und einen dunklen Pullover. Offenbar waren er und Philipp sofort hierhergefahren. Er nickte Frau Berger, Frau Vittori und Corinna freundlich zu und wandte sich dann sofort an Melanie. »Hast du das Buch in Sicherheit gebracht?«

»Ich hab's zu Hause.«

»Sehr gut«, sagte Ben. »Dann können wir –«

»Warten Sie!« Die Stimme von Sonjas Mutter klang ziemlich schrill. »Was ist mit meiner Tochter? Wo ist Sonja? Philipp, du hast mir gesagt, dass ihr auf diesem Hof nichts passieren kann!«

»Das war, bevor uns irgendein Mistkerl die Polizei auf den Hals gehetzt hat«, sagte Philipp finster. »Sonja hat Angst bekommen und ist weggeritten. Wir finden sie schon.«
»Frau Berger«, sagte Ben, »ich schwöre Ihnen, ich werde alles tun, was in meiner Macht steht, damit Sie Ihre Tochter heil zurückbekommen. Aber nicht hier. Melanie, Philipp, kommt.« Und er wandte sich zum Gehen.
»Was?«, schrie Sonjas Mutter. »Ist das alles? Ich will augenblicklich wissen, wo meine Tochter ist!«
Und Frau Vittori fuhr von ihrem Stuhl hoch. »Nein! Melanie, du bleibst hier! Rühren Sie mein Kind nicht an!«
Melanie schaute ihre Mutter verblüfft an. So einen Gefühlsausbruch kannte sie von ihr gar nicht. Ben runzelte die Stirn, und Philipp sagte leise: »Mach irgendwas, Ben. Wie bei der Polizei. Sonst kommen wir hier nie weg.«
Ben nickte. Er sah beinahe ein wenig traurig aus, als er die Hand hob und eine wischende Geste machte. »Vergesst es«, sagte er ganz sanft. »Habt keine Angst.«
Melanies Mutter setzte sich wieder auf den Stuhl. »Ich ...« Sie verstummte, und ihr Blick wurde ganz leer und verschwommen. »Ich ... glaube, ich hätte gerne einen Kaffee.«
»Mit Milch und Zucker?«, fragte Sonjas Mutter.
»Nur Milch, bitte.«
Mit offenem Mund blickte Melanie von ihrer Mutter zu Frau Berger. Was war denn das? Aber Ben wandte sich schon ab, und Philipp griff nach ihrer Hand und zog sie mit sich. »Bis später, Mama«, sagte sie ein wenig ängstlich.
»Ja, ja«, erwiderte ihre Mutter. »Sag Philipp, er soll dich nicht allzu spät nach Hause bringen.«
Das Letzte, was Melanie sah, bevor Philipp sie nach draußen zog, war Corinna, die wieder gelangweilt in ihren Zeitschriften blätterte.

Erst draußen im Hausflur fand sie ihre Stimme wieder. »Du hast meine Mutter verhext!«, sagte sie zu Ben, während sie die Treppe hinunterliefen. »Und Sonjas Mama auch!«
»Natürlich«, gab Ben zurück. »Es ist nicht gut, wenn die Erwachsenen dieser Welt zu ausführlich über Zauber nachdenken. Jetzt machen sich eure Eltern ein paar Stunden lang keine Sorgen, und wir können in Ruhe überlegen, wie wir Sonja und Nachtfrost so schnell wie möglich helfen können.« Und etwas leiser fügte er hinzu: »Ich hoffe bei der Göttin, dass wir es können.«
»Meinst du, es ist schlimm?«, fragte sie ängstlich.
»Ja«, sagte Ben und öffnete die Haustür. »Ja, Melanie, ich fürchte, es ist sehr schlimm.«

Sie fuhren mit dem Taxi zum Haus der Vittoris, Melanie rannte hinein und holte das Buch, und sie fuhren weiter nach Gut Stettenbach.
»Wieso hat die Polizei dich eigentlich einfach wieder gehen lassen?«, fragte Melanie Ben.
Er zuckte die Achseln. »Meine Papiere waren ja in Ordnung. Ich habe die Polizisten nur dazu gebracht, nicht bis Montag zu warten.«
»Und das war ganz schön beeindruckend.« Philipp grinste, als er Melanies Gesicht sah. »Ich kam mir vor wie bei den Jedis – ›Ich gehe jetzt.‹ – ›Sie gehen jetzt.‹ – ›Ich brauche nicht bis Montag zu warten.‹ – ›Sie brauchen nicht bis Montag zu warten.‹« Er lachte. »So etwas hätte ich mir auch gewünscht, als sie mich damals eingebuchtet haben.«
»Und das hast du auch mit meiner Mutter gemacht? Sie wird furchtbar wütend sein, wenn das nachlässt!«
»Darum kümmern wir uns, wenn es so weit ist«, sagte Ben knapp über die Schulter nach hinten. »Glaub mir, ich hätte

es lieber nicht getan. Auch auf der Polizeiwache nicht. Ich war durchaus darauf eingestellt, länger dort zu bleiben. Es ist nicht gut, hier Magie anzuwenden; meist zieht sie einen ganzen Rattenschwanz von Problemen hinter sich her. Aber das hier ist ein Notfall.« Er warf dem Taxifahrer einen Seitenblick zu. »Macht euch übrigens keine Sorgen um ihn. Er denkt, wir sprechen Kisuaheli oder irgendeine andere komische Sprache, die er nicht versteht.«

Der Taxifahrer war Melanie völlig egal. Sie zögerte und stellte dann die Frage, vor der sie sich schon die ganze Zeit fürchtete. »Ben, glaubst du, Nachtfrost ist ... tot ...?«

Ben schwieg und sagte schließlich leise: »Ich weiß es nicht. Seit tausend Jahrten besteht die Nebelbrücke, und nur einmal in all der Zeit war sie wirklich in Gefahr: als die Weißen Schwestern sie zerstören wollten. Es macht mir Angst, dass es irgendjemandem so kurze Zeit später doch noch gelungen sein soll.«

»Glaubst du, sie haben etwas damit zu tun? Aber ich habe doch den Job übernommen! Sie sind frei! Sie haben keinen Grund mehr, Nachtfrost etwas anzutun!«

»Ja, sie sind frei. Aber das bedeutet vor allem eins: dass sie nicht mehr in den Dienst der Göttin gebunden sind. Sie sind jetzt frei, ihren Weg selbst zu wählen ... selbst den in die Dunkelheit.«

»Was heißt das?«

»Dass sie sich vielleicht mit den Dämonen zusammengetan haben«, sagte Philipp. »Das meinst du doch, oder?«

Ben nickte wortlos.

Melanie erschauerte. Philipp legte ihr den Arm um die Schultern, und sie kuschelte sich an ihn, ohne eine Sekunde darüber nachzudenken. Erst als sie Bens interessierten Blick im Rückspiegel bemerkte, wurde ihr plötzlich sehr warm, und sie setzte sich hastig gerade hin. Und statt sie wieder an sich zu ziehen, nahm Philipp, der Blödmann, seinen Arm jetzt auch noch weg und schaute aus dem Fenster.

Peter Karz wartete im Hof auf sie, hatte die Schultern gegen den Januarwind hochgezogen und sah genauso schlecht gelaunt aus wie letzte Woche beim Rennen. »Wurde auch Zeit«, knurrte er, als Ben, Philipp und Melanie aus dem Taxi stiegen. »Heute Morgen kam dieser Trischer hier angefahren und wollte sich ›nur mal umsehen‹. Ich habe Kiribu auf ihn gehetzt. Die Pferde sind in Ordnung. Und wo ist jetzt Nero?«
»Sonja ist mit ihm unterwegs«, erwiderte Ben. »Danke, dass Sie hier eingesprungen sind.«
»Schon gut«, brummte der Jockey. »Ich weiß ja, dass Sie hier sonst niemanden haben. Verdammt rücksichtslos von der Chefin, bei so viel Arbeit keine weiteren Leute einzustellen. Wann kommt sie zurück?«
»Kann ich nicht sagen.«
Karz schüttelte den Kopf. »Holen Sie sich Verstärkung, bis sie wieder da ist. Ich habe auch nicht immer Zeit.«
Er drehte sich um und ging zu seinem Auto. Ben blickte ihm nach und wandte sich dann wortlos ab.
Sie schauten nach den Pferden, die sicher und gut versorgt in ihren Boxen standen, hockten sich dann in Bens kleine Kammer über dem Stutenstall und hielten Kriegsrat. Ben saß auf dem Stuhl und hatte das parvanische Buch neben sich auf den Tisch gelegt.
»Langfristig gesehen, werde ich das Gut wohl verkaufen müssen«, sagte er. »Ihr habt Asarié gesehen und Nachtfrosts Urteil gehört: erst wenn die Zerbrochene Stadt wie-

der lebt, kann sie wieder ein Mensch werden. Und das kann noch ein paar hundert oder auch tausend Jahre dauern. So lange kann ich hier nicht den Stellvertreter spielen.«

»Kannst du nicht eine der Alraunen so verwandeln, dass sie wie Asarié aussieht?«, fragte Philipp, der neben Melanie auf dem Bett saß und sich gegen die Wand lehnte.

Ben schüttelte den Kopf. »So etwas kann ich nicht. Ihr habt ja gesehen, was meine Magie ist – ein paar optische Tricks, leichte Beeinflussung der Gedanken, mehr nicht. Und am liebsten möchte ich den gesamten magischen Kram in Asariés Haus zurück nach Parva schaffen, wo er hingehört. Wir haben uns hier schon viel zu sehr eingemischt.«

»Aber was ist mit Sonja?«, platzte Melanie heraus. »Und – und Nachtfrost? Wir müssen ihnen doch helfen!«

»Ja«, sagte Ben. »Die Frage ist nur, wie. Es hat keinen Sinn, blindlings hinterherzurennen und sie einfach zurückzuholen. Wir wissen ja nicht einmal, wo sie sind. Sie können überall in Parva gelandet sein. Und da der Zauber nichts ohne Grund tut, gibt es auch etwas, das sie erledigen müssen. Selbst wenn das hier alles für uns wie ein Haufen unglücklicher Zufälle aussieht – irgendetwas ist zu tun.«

»Und was?«, sagte Melanie. »Die Alten Völker wecken? Das hat sie doch schon getan! Sie ist schon kreuz und quer durchs Land geritten und hat mit den merkwürdigsten Viechern geredet! Und sie kann überhaupt nichts tun, wenn Nachtfrost – wenn – wenn er …« Sie brachte es nicht über die Lippen.

»Doch, selbst dann kann sie etwas tun. Sie ist die Seelentauscherin und hat eine Aufgabe, auch wenn Nachtfrost etwas zugestoßen ist – was ich wirklich, wirklich nicht hoffe.« Ben schaute das Buch an, seufzte und schüttelte den Kopf. »Ich wollte es selbst entschlüsseln, aber dafür haben

wir nicht mehr genug Zeit. Ich glaube, es ist viel zu wichtig. Einer von euch beiden muss es zu Ganna bringen.«
»Das mache ich.« Melanie wunderte sich selbst, dass sie so ruhig und entschlossen klang.
»Kommt nicht infrage«, erwiderte Philipp sofort. »Das ist völlig verrückt! Ich lasse dich nicht einfach durch diese Geisterwelt gehen!«
»Das musst du aber. Ich habe es schließlich schon einmal gemacht!«
»Ja, aber da warst du nicht allein!« Das stimmte. Bei ihrer ersten Reise durch die Geisterwelt hatte Asarié sie begleitet, bei der zweiten Philipp selbst. Sie wusste, dass er sich ebenso gut daran erinnerte wie sie – an das Gefühl, körperlos und unwirklich an tausend Orten zugleich zu sein. Nein, ein besonders angenehmer Weg war das nicht. »Allein kann man da leicht verloren gehen. Und ich denke nicht daran, dich so einer Gefahr auszusetzen.«
Für einen winzigen, völlig unvernünftigen Moment hielt Melanie den Atem an, und ihr Herz schlug einen Purzelbaum. »Und warum nicht?« Vielleicht ... vielleicht lag ihm ja doch etwas an ihr!
Aber Philipp war leider völlig unempfänglich für romantische Schwingungen. »Weil mich deine Eltern schlachten werden, wenn dir was passiert, darum.«
Das war wie ein Schwall kaltes Wasser. Sie biss die Zähne zusammen und hoffte, dass er ihr nicht ansah, was sie gedacht – gehofft – gebangt hatte. »Mir passiert nichts. Irgendwer muss es tun, und weil die ... weil die Nebelbrücke kaputt ist und ich sie sowieso nicht benutzen könnte, muss ich eben über den Geisterweg. Ich schaffe das schon.«
Philipp schüttelte den Kopf. »Nein. Du bleibst hier. Ich gehe.«

»Was?«, rief sie empört. »Wieso das denn? Sonja ist meine beste Freundin!«
Jetzt wurde er wütend. »Und meine Schwester, falls du dich daran erinnerst!« Er sprang auf. »Nein, verdammt! Ich habe die ganze Zeit gedacht, mit Nachtfrost ist sie sicher, und jetzt das! Schluss damit, Ben, hörst du? So einer Gefahr setze ich sie nie wieder aus! Falls sie überhaupt je zurückkommt, ist Schluss mit dem ganzen Zirkus, klar?«
Erschrocken blickte Melanie zu ihm hoch. »Aber sie muss doch den Spürer –«
»Gar nichts muss sie! Sie ist zwölf Jahre alt, verdammt noch mal! Ich lasse nicht zu, dass ihr sie immer weiter in Gefahr bringt! Und du bleibst auch hier!«
»Vergiss es! Du hast mir überhaupt nichts zu sagen! Du bist nämlich nicht mein Bruder!«
»Und darüber bin ich wirklich froh!«
»Nicht halb so froh wie ich!«
Wütend funkelten sie einander an.
»Bei den Göttern«, sagte Ben entnervt. »Glaubt ihr nicht, dass es jetzt Wichtigeres gibt, als zu streiten? Ich dachte, ihr wollt Sonja und Nachtfrost helfen? Und zwar alle beide?«
»Das brauchst du mir nicht zu sagen«, erwiderte Philipp wütend.
»Schon gut, schon gut.« Ben seufzte. »Hör zu. Ich würde ja sagen, dass ihr zusammen gehen könnt, aber ihr wisst, dass das nicht geht. Einer von euch muss hierbleiben, damit Nachtfrosts Zauber einen Ankerpunkt findet, wenn er ihn wieder einsetzen kann. Philipp, ich wäre froh, wenn du dich darauf einlassen könntest.«
»Und wieso ich?«
»Weil es in Parva weder Autos noch Mopeds gibt. Und du kannst nicht reiten.«

Philipp stutzte; daran hatte er offenbar wirklich nicht gedacht. »Oh, verdammt.« Ein schräges Grinsen. »Ich könnte mit meinem Moped über den Geisterweg brettern. Fällt bestimmt überhaupt nicht auf. Okay, okay, ich sehe es ein.« Das Grinsen erlosch. »Ich mache mir trotzdem Sorgen.«

»Ich auch«, sagte Ben.

»Ich schaffe das schon«, sagte Melanie und fühlte sich nicht halb so zuversichtlich, wie sie klang.

Philipp schaute sie an. »Also schön. Es passt mir überhaupt nicht, klar? Also sei gefälligst vorsichtig.«

Sie spürte, wie sie rot wurde. »Bin ich.« Verflixt noch mal! Ging es ihm wirklich nur um den Aufstand, den ihre Eltern veranstalten würden, wenn ihr etwas passierte? Oder mochte er sie vielleicht doch – wenigstens ein winziges bisschen?

»Dann fahre ich jetzt nach Hause«, sagte er. »Mal sehen, ob mich da zwei amoklaufende Mütter und eine hysterische Schwester erwarten. Wie lange hält deine Zauberei normalerweise an, Ben?«

»In Parva – ewig«, antwortete Ben. »Hier nur ein paar Stunden. Ich hoffe, dir fallen ein paar gute Erklärungen ein.«

»Ja, das hoffe ich auch. Also bis später.« Er nickte ihnen kurz zu, drehte sich um und verließ die Kammer. Wenige Augenblicke später sah Melanie durch das Fenster, wie er den Stall durchquerte und hinausging.

»Wow«, sagte sie. »Das ging aber plötzlich.«

Ben fuhr sich mit der Hand durch die schwarzen Haare und sah plötzlich sehr müde aus. »Aber er hat recht. Ohne Nachtfrost ist die Gefahr so viel größer ...« Unvermittelt drehte er sich um, griff nach dem Buch und legte es Melanie in die Arme. »Hier. Mach dich auf den Weg.«

Unwillkürlich zuckte sie zusammen, und ihr Herz schlug plötzlich bis zum Hals. »Jetzt sofort?«
»Jetzt sofort. Asariés Verrat hat mehr zerstört, als ihr ahnt, und wenn wir jetzt nicht auf der Stelle handeln, ist alles verloren. Bist du bereit?«
»Nein.« Sie hörte ihre Stimme kaum. »Aber ich versuch's.«
»Gut. Dann komm.«
Sie verließen die Kammer und kletterten die steile, dunkle Treppe hinunter zum Stall. Neugierig streckten die Pferde ihre Köpfe aus den Boxen, und Melanie streichelte im Vorbeigehen ein paar weiche Nüstern zum Abschied. Bei Santana blieb sie stehen, aber Ben ging weiter, und sie riss sich los und lief ihm eilig nach.
Sie durchquerten den Hof. Der Himmel war grau, und die Luft roch nach Regen. Das Wohnhaus sah düster und verlassen aus, fast bedrohlich, und als Ben den Schlüssel aus der Tasche fischte und die Tür aufschloss, wehte ihnen ein eisiger Lufthauch entgegen. Irgendwo verklang ein Echo wie von wispernden Stimmen. Ängstlich schaute Melanie sich um. »Ist jemand hier?«
»Vermutlich ja«, sagte Ben grimmig. »Ich habe den Spiegel aus dem Wohnzimmer nach oben gebracht, aber vielleicht war das ein Fehler. Nimm meine Hand und bleib dicht bei mir.«
Eigentlich war sie ja schon zu alt, um sich wie ein Baby an der Hand nehmen zu lassen, aber andererseits würde sie sich viel sicherer fühlen, wenn Ben sie festhielt. Wer wusste schon, was mit dem Haus und den Habseligkeiten einer Hexe passierte, wenn die Hexe plötzlich verschwand ... Sie nahm Bens Hand und folgte ihm die Treppe hinauf. Schatten glitten über die Wände, und von irgendwoher kam ein Wispern und Murmeln. Als plötzlich ganz in der Nähe eine

Bodendiele knarrte, erschrak Melanie so sehr, dass sie beinahe das Buch fallen ließ.

Ben zog sie mit sich durch den langen Flur. Die Schatten folgten ihnen. Melanie warf einen Blick über die Schulter und sah etwas, bei dem ihr das Herz stehen blieb. Etwas Dunkles, Unförmiges kam die Treppe hoch, langsam, bedrohlich und groß. »Ben!«, stieß sie entsetzt hervor.

»Dreh dich nicht um«, gab er rasch zurück.

»Ben, was ist das?«

»Nur ein Schatten. Er kann dir nichts tun.« Aber sie spürte, wie seine Hand ihre umklammerte, und wusste, dass er log. Er zog sie in Asariés Schlafzimmer und warf die Tür hinter sich zu. »Komm, schnell!«

Etwas stieß von außen gegen die Tür. Ben riss den Kleiderschrank auf. Alle Kleider lagen auf dem Bett, und im Schrank stand der große Spiegel, durch den Melanie schon einmal die Geisterwelt betreten hatte. »Beeil dich!«

»Aber was ist mit dir?«

»Mach dir keine Gedanken um mich. Du weißt, wohin du gehen musst?«

»Zu Ganna. Oder den Tesca. Oder –«

»Kein Oder!«, rief Ben. Die Tür erzitterte, als etwas Großes, Schweres sich dagegenwarf. »Geh zu Ganna!«

»Aber ich weiß doch gar nicht, wo sie –«

»Los jetzt!«

Die Tür krachte und sprang auf. Nur ganz kurz sah Melanie etwas absolut Grauenhaftes hereinkommen, dann stieß Ben sie nach vorne, auf den Spiegel zu, sie stolperte, fiel gegen die Spiegelfläche und stürzte in die Geisterwelt.

# Wurzler und Jäger

»Runter!«, zischte Haelfas, und Sonja warf sich sofort platt ins Gras. Mit der Nase im Dreck lag sie da, kaum zehn Zentimeter entfernt von einem fetten schwarzen Käfer, aber die Zeiten, in denen sie kreischend aufgesprungen wäre, waren vorbei. Es gab einen Haufen wichtigerer Dinge – am Leben bleiben, zum Beispiel. Sie rührte sich nicht, starrte den Käfer nur an, während irgendwo in der Nähe ein Trupp Reiter vorbeijagte. Als der Boden nicht mehr unter dem Hufschlag erzitterte, richtete sie sich vorsichtig wieder auf und wischte sich die Erde von den Händen. Sie machte sich nicht die Mühe, Blätter und Halme von ihrem Pullover zu zupfen – nach den vergangenen drei Tagen war dieser Pullover sowieso nicht mehr zu retten. Er war verdreckt, zerrissen, am Saum halb aufgeribbelt, und die ehemals blaue Farbe hatte sich in ein schmutziges dunkles Grau verwandelt. »Viel besser«, hatte Haelfas gesagt, als sie sich darüber beklagt hatte. »So fällst du wenigstens nicht mehr auf wie ein Yaliol im Winter.«

»Was ist ein Yaliol?«, hatte sie gefragt.

»Ein Sommervogel«, war die kurze Antwort.

Auch die Jeans würde wahrscheinlich nie wieder blau werden, und wie sagenhaft schlecht sich Reitstiefel zum Wandern eigneten, hatte Sonja auch nicht gewusst. Am zweiten Abend hatte sie sie ausgezogen, weggeschleudert und nur noch geheult, bis Haelfas ihr seine eigenen weichen Lederschuhe gegeben hatte. Seitdem lief er barfuß, aber das schien ihm nichts auszumachen. Auch Regen machte ihm nichts aus, und Hunger, Durst, Müdigkeit und Angst schien er nicht zu kennen. Sonja dagegen hatte schon recht bald herausgefunden, was Hunger, Durst, Müdigkeit und Angst wirklich sein konnten.

Zu essen gab es saure Blätter von löwenzahnähnlichen Blumen, trockene Kekse und hin und wieder eine Nuss, die Haelfas aus seiner Tasche klaubte. Zu trinken gab es Wasser. Haelfas erlaubte ihr nur zwei Pausen am Tag, und geschlafen wurde erst, wenn sie in der Dunkelheit wirklich keinen Schritt weit mehr sehen konnten. Dafür ging es noch vor Sonnenaufgang weiter. Sonja wäre ihrem Begleiter schon längst weggelaufen, wenn sie nicht gewusst hätte, dass er nur tat, was notwendig war. Sie wollte zu Ganna; er brachte sie dorthin. Und unterwegs rettete er sie ein Dutzend mal oder öfter vor den Suchtrupps des Spürers.

Sie hatte nicht geahnt, wie viele dieser Suchtrupps es gab. Wenn Haelfas den Hufschlag hörte, scheuchte er Sonja in ein Gebüsch, auf einen Baum, ins Gras, manchmal in einen Teich. Einmal hatte es weit und breit kein Versteck gegeben. Da hatte er seinen Umhang genommen und über sie geworfen, und obwohl die Reiter nur ein paar Meter von ihr entfernt angehalten hatten, hatten sie sie nicht gesehen.

Sie fragten immer das Gleiche.

»Hast du ein dunkelhaariges Mädchen gesehen, Jäger?«

»Nein, ich habe seit Tagen immer nur eure Trupps gesehen, sonst niemanden.«

»Wenn du sie siehst, sag uns Bescheid. Sie ist eine Verräterin und Rebellin; wer sie versteckt, ist des Todes.«

»Ich werd's mir merken«, antwortete Haelfas gleichmütig, während Sonja unter dem Mantel zitterte. Rebellin, Verräterin ... wer sie versteckt, ist des Todes ... das klang einfach furchtbar. Sie war dem Spürer schon zweimal in die Hände gefallen und nur knapp entwischt; jetzt erst begriff sie, wie sehr er sie hasste.

Aber Haelfas blieb völlig ungerührt, und wenn der Trupp wieder weg war, erlaubte er Sonja, aus ihrem Versteck herauszukommen, und sie wanderten weiter.

Und der Krieg folgte ihnen, und manchmal überholte er sie auch. Sie kamen an zwei niedergebrannten Dörfern vorbei, deren Ruinen noch qualmten. Einmal überquerten sie eine dreißig Meter breite Spur, wo das Gras von unzähligen Pferdehufen zertrampelt war. Sonja erzählte Haelfas, dass sie das Heer gesehen hatte, das diese Spur hinterließ, und er nickte. »Das Letzte Heer. Wenn sie die Dämonen nicht aufhalten können, kann es wohl niemand.«

»Dann waren sie gar nicht böse?«

»Böse? Nein. Sie verschaffen allen anderen die Zeit, nach Westen zu fliehen.«

»Aber sie haben Ziegenmenschen getötet.«

»Ziegenmenschen? Du meinst die Isiturri? Nein – die haben nur das Pech, zu nahe an den Nebelschluchten zu leben. Alles, was aus der Tiefe kommt, steht sofort in den Isiturridörfern. Deshalb ist diese Gegend gefährlich, überall wird gekämpft. Kann schon sein, dass die Isiturri dabei auch einmal zwischen die Fronten geraten.« Er sagte es so gleichgültig, als sei ihm das Schicksal der friedlichen Tiermenschen völlig egal.

»Warum gehen sie dann nicht weg?«

»Weil sie immer dort gelebt haben.«

Das fand Sonja ziemlich unlogisch, aber sie fragte nicht weiter. Also war die Schlucht eine Nebelschlucht gewesen, und der Nebel war das graue Gift aus dem Abgrund, das Nachtfrosts Zauber behindert und zerstört hatte.

Er kommt zurück, dachte sie wieder und wieder, um nicht über eine andere Möglichkeit nachdenken zu müssen. Er kommt zurück! Ich muss nur Geduld haben, und er wird mich finden. Oder ich finde ihn. Ganna wird mir helfen.

Dann fiel ihr etwas anderes ein. »Warum sagst du, es ist das Letzte Heer?«

»Weil es das ist«, erwiderte Haelfas. »Zumindest das Letzte, das noch gegen die Dämonen kämpft, seit König Ghadan und Königin Aletheia verschwunden sind. Die Kräfte des Königreichs sind zersplittert – im Westen kämpfen die Stämme um die Macht, im Osten ums Überleben, und wenn nicht bald einer hervortritt und sie alle vereint, sind wir wahrscheinlich verloren.«

»Der Spürer will sie alle beherrschen.«

»Das will er wohl«, hatte Haelfas gesagt und war schweigend weitergegangen.

Als sie in der dritten Nacht in der Nähe eines Flusses rasteten, sagte er unvermittelt: »Schau.«

Sonja blickte auf. Haelfas zeigte in die Dunkelheit vor ihnen. Zuerst konnte Sonja nichts erkennen, aber dann stellten sich ihre Augen auf die Entfernung ein. Weit weg, knapp über dem Horizont, glommen Lichter – bläuliche Punkte wie Sterne, die vom Himmel gefallen waren. Fünf Lichter konnte sie sehen; die anderen, das wusste sie, zogen sich durch das ganze Land bis hoch in den Norden.

»Das Sternrückengebirge!«, rief sie atemlos und erleichtert; es fühlte sich an, als käme sie nach Hause. Und in gewisser Weise stimmte das ja auch. Jenseits dieses Gebirges lag das Gebiet der Tesca, der Wolfsgestaltwandler, und dahinter lag Duntalye, wo die Elarim mit den riesigen Birjaks über die endlose Steppe zogen. Dort war sie mit Nachtfrost geritten ... jäh füllten sich ihre Augen mit Tränen, und sie

biss sich auf die Lippen. Sie kam nach Hause – aber Nachtfrost war nicht bei ihr.
Er kommt wieder. Er kommt wieder, ich weiß es! Aber es tat weh, es schnürte ihr den Hals zu, und dass sie schon so weit gewandert war, machte ihr nur noch deutlicher klar, dass sie Nachtfrost verloren hatte.
In der Dunkelheit spürte sie Haelfas' Blick mehr, als dass sie ihn sah. Seit dem ersten Tag hatte er Nachtfrost nie mehr erwähnt. »Schlaf«, sagte er. »Es ist noch ein weiter Weg.«
Sonja wickelte sich in den Umhang, den er ihr gegeben hatte, und legte sich hin. Es schien Jahre her zu sein, dass sie zuletzt in einem Bett geschlafen hatte, und die erste Nacht war kalt, hart und schrecklich ungemütlich gewesen. Aber nach dem Marsch des zweiten Tages war sie so müde gewesen, dass sie sofort eingeschlafen war, und auch jetzt fielen ihr fast sofort die Augen zu.

Vor Sonnenaufgang machten sie sich wieder auf den Weg. Sonja war müde, hungrig und verfroren, aber sie bat Haelfas nicht, länger zu rasten oder langsamer zu gehen. Im Gehen teilten sie sich die letzten Kekse aus Haelfas' Tasche.
»Heute kommen wir in ein Dorf«, sagte er. »Es heißt Morayat und ist so klein, dass du es auf keiner Karte findest, aber die Handelsstraße führt daran vorbei, und ich werde versuchen, ein wenig Brot und Kelg zu bekommen. Du wirst außerhalb des Dorfes in einem Versteck auf mich warten.«
»Warum kann ich nicht mitkommen?« Während all der Zeit in Parva hatte sie noch kein Dorf gesehen, nur die Zeltlager der Nomaden und die fremdartige Schönheit der Zerbrochenen Stadt. Sie hatte nicht einmal gewusst, dass es überhaupt befestigte Dörfer gab.

»Ganz einfach«, sagte Haelfas. »Da die Suchtrupps dich bisher noch nicht gefangen haben, wissen sie, dass dir jemand hilft. Sie vermuten wohl auch, dass dieser Jemand sich hier in der Gegend auskennt und weiß, dass der einzige begehbare Weg zum Sternrückengebirge durch Morayat führt. Es wäre dumm, zu erwarten, dass sie dort keine Wachen aufgestellt haben. Und du kannst sicher sein, dass sie den Bewohnern des Dorfes eine Belohnung versprochen haben, wenn sie dich ausliefern.«
Sonja bekam eine Gänsehaut. »Würden sie das tun?«
»Selbstverständlich. Wenn sie es nicht täten, würde der Spürer ihr Dorf zerstören, und das wissen sie ganz genau.« Er warf ihr einen Seitenblick zu. »Keine Sorge, sie fangen dich schon nicht – wenn du genau das tust, was ich sage. Und vielleicht wissen sie ja auch, was jenseits der Berge vor sich geht, und können es uns sagen.«
Sonja nickte niedergeschlagen.
Sie hätte gerne mal wieder Menschen gesehen. Irgendwie war es nicht so lustig, mit einem Elf zu wandern, wie sie es sich vorgestellt hatte. Haelfas war zwar immer gleichbleibend freundlich und ließ sie nie merken, ob er sich über ihre Langsamkeit oder Schwäche ärgerte, aber offenbar war er nicht daran gewöhnt, in Begleitung zu reisen. Er konnte Stunde um Stunde marschieren, ohne ein Wort zu sagen. Fragen beantwortete er nur knapp, und manchmal hatte Sonja das Gefühl, dass er etwas vor ihr verheimlichte. Und obwohl er sie beschützte und vor den Suchtrupps versteckte und sie dorthin brachte, wo sie hinwollte, war sie nicht ganz sicher, ob er das wirklich nur tat, weil er so nett war. Aber vielleicht bildete sie sich das auch nur ein, weil er so fremdartig war – fremder als die Ziegenmenschen, fremder als die schwarzfelligen Mayakó mit den vier Armen.

Undeutlich spürte Sonja, dass die Fremdheit darin lag, wie er sie ansah. Wenn er sie anschaute, schien er nicht sie zu sehen, sondern irgendetwas ganz anderes. Aber was das war, konnte sie nicht erraten.
Der Weg, dem sie folgten, verbreiterte sich. Als die Sonne aufging, sah Sonja, dass es gar kein Weg mehr war, sondern eine breite, gepflasterte Straße; allerdings waren viele der Pflastersteine herausgebrochen oder zersprungen und mit Gras überwuchert. Dies war die Handelsstraße, erklärte Haelfas, und Sonja erinnerte sich, dass Lorin ihr einmal erzählt hatte, dass diese Straße sich durch das ganze Land zog. Weiter nördlich hatte sie sie schon einmal überquert: im Winter, auf der Suche nach den Trollen.
Gegen Mittag stieg die Straße leicht an, und rechts und links zogen sich zwei Mauern an ihr entlang. »Die Brücke über den Perlenfluss«, sagte Halfeas. »Hier wirst du auf mich warten. Klettere unter die Brücke und komm erst wieder heraus, wenn ich dich rufe.«
Sonja konnte es nicht leiden, so herumkommandiert zu werden, aber sie nickte. »Wann kommst du zurück?«
»Wahrscheinlich gegen Abend.« Ohne ein weiteres Wort ging Haelfas weiter und betrat die Brücke. Sonja schaute ihm nach, bis er auf der anderen Seite verschwand, und kletterte dann die Böschung hinunter, bis sie unmittelbar am Wasser einen Platz ohne Schlingpflanzen und Brennnesseln fand. Dort setzte sie sich auf die kalte Erde.
Eine Weile versuchte sie sich vorzustellen, wie dieses Dorf Morayat wohl aussah. War es eine richtige alte Stadt mit Fachwerkhäusern? Oder eine Ansammlung von Bauernhäusern mit Strohdächern? Was für Leute lebten wohl dort? Vor langer Zeit hatte Ganna ihr die Namen der Gebiete von Parva genannt, aber sie hatte vergessen, wie die Gegend öst-

lich des Sternrückengebirges hieß und welche Stämme hier lebten. Erst jetzt fiel ihr auf, dass sie in den letzten drei Tagen weder Birjaks noch irgendwelche Spuren von Nomaden gesehen hatte.
Eigentlich hatte sie überhaupt niemanden gesehen, nur die Suchtrupps des Spürers. Selbst für Parva war das ungewöhnlich – irgendwo mussten die Bewohner des Landes doch sein! Wenn schon keine Menschen, dann wenigstens die Alten Völker. Aber Haelfas hatte sie mitten durch die Wildnis geführt. Wahrscheinlich war er einfach allen Leuten aus dem Weg gegangen.
Sie war müde. Sollte sie ein bisschen schlafen? Besonders einladend war dieser Platz ja nicht. Die Erde war kalt und feucht und roch modrig, und im Schatten der Steinbrücke war auch die Luft kalt. Fröstelnd zog Sonja Haelfas' Umhang enger um die Schultern und setzte sich bequemer hin. Das Wasser des Perlenflusses strömte rasch und still an ihr vorbei und sah sehr tief aus. Es hatte etwas Einschläferndes, Einlullendes ... bis Sonja merkte, dass es gar nicht mehr Wellen und Strudel waren, die sie betrachtete, sondern ein Gesicht.
Schlagartig war sie wieder wach. Ihr Mund war plötzlich ganz trocken, und ihr Herz klopfte bis zum Hals. Das Gesicht schaute sie an. Es war ganz aus Wasser, Augen, Nase und Mund waren nur Schatten, aber es gab keinen Zweifel, dass es sie ansah. Weder Mann noch Frau, weder alt noch jung; es sah aus, als hätte der Fluss sich nur irgendeine Menschenähnlichkeit zusammengesucht, damit Sonja es als Gesicht erkannte.
*Sag mal,* sagte eine Stimme in ihrem Kopf, *bist du eigentlich verrückt?*
Sonja zuckte zusammen. »W-was?«

*Ich fragte, ob du verrückt bist, Seelentauscherin. Weißt du nicht, mit wem du da durchs Land ziehst?*
»Was? Nein – ich meine, doch! Er heißt Haelfas und ist ein Elf –«
*Ein was?*
»Ein Elf! Ich meine –« Sie stockte. Hatte Haelfas eigentlich je wirklich gesagt, dass er ein Elf war? Oder hatte sie es einfach angenommen, weil er so aussah wie ein Elf aus ihren Fantasybüchern? »Ich dachte –«
*Seelentauscherin, du hast schon viele fremde Seelen berührt. Aber hüte dich, den zu berühren, den du als Haelfas kennst. Ich rate dir, nicht hier auf seine Rückkehr zu warten. Lauf, sofort, und dreh dich nicht mehr um.*
»Aber –«
Das Gesicht löste sich auf. Da war nur noch das Wasser des Perlenflusses, das dunkel an ihr vorbeiströmte.
Sonja war aufgesprungen, ohne es zu merken. Der Umhang rutschte ihr von den Schultern. Was hatte ihr der Flussgeist da gesagt? Wer oder was war Haelfas wirklich? Wie hatte sie nur so dumm sein können, einfach anzunehmen –
Das Wasser stieg.
Rasch, gurgelnd, bedrohlich, und sie begriff, dass der Flussgeist sie vertreiben wollte. Hastig hob sie den Umhang auf und wich zurück. »Ich gehe ja schon! Lass mich in Ruhe!«
*Lauf, Seelentauscherin.*
So schnell sie konnte, kletterte Sonja die Böschung hinauf. Das Wasser folgte ihr noch ein paar Meter und blieb dann zurück. Als sie keuchend oben an der Straße ankam und sich umdrehte, war der Fluss wieder wie vorher: einfach nur Wasser, das dahinfloss.
Und was jetzt?

Sollte sie dem Flussgeist glauben? War Haelfas wirklich etwas anderes als ein Spielmann? Oder war der Flussgeist einfach nur boshaft und gemein und wollte sie in eine Falle locken? Vielleicht wie die Nixe im See im Goldenen Tal, die so nett ausgesehen hatte und sie beinahe ertränkt hätte? Aber vielleicht stimmte das auch gar nicht – Haelfas hatte sie vor der Nixe gewarnt, aber was, wenn Haelfas log?
Sie wollte es nicht glauben. Haelfas hatte ihr nichts getan, er hatte ihr geholfen und sie gerettet und seine Vorräte mit ihr geteilt und sie bis hierher gebracht. Andererseits ... Sie blickte über den Fluss und sah, dass das Sternrückengebirge gar nicht mehr so weit weg war. Eigentlich konnte sie das jetzt auch selbst schaffen. Haelfas war vielleicht nicht der allerbeste Reisebegleiter, aber in den letzten drei Tagen hatte Sonja doch eine ganze Menge von ihm gelernt. Es war bestimmt besser, wenn sie allein weiterging; solange er bei ihr war, drohte ihm auch Gefahr.
Und es wäre nett, endlich mal wieder selbst zu entscheiden, was sie tat und wie schnell sie wanderte.
*Lauf, und lauf schnell.*
Sie legte den Umhang auf die Brückenmauer, holte tief Luft und rannte los.
Sie rannte über die Brücke, verließ die Straße, sprang über einen schmalen Graben und lief in die graswuchernde Wildnis, mit dem Blick auf die Berge. Allerdings kam sie nicht besonders schnell vorwärts. Es war tückischer Boden hier, weich und ein wenig matschig, das Gras so hoch, dass es sich um Sonjas Beine zu schlingen schien. Warum konnten Menschenbeine nicht ebenso mühelos rennen wie Pferdebeine? Sie stolperte, fing sich wieder, starrte für einen kurzen Moment in das grüne Gesicht eines Grasschweins und rannte weiter.

»Sonja! Bleib stehen!«
Ein Ruf, gar nicht weit hinter ihr, und vor Schreck stolperte sie gleich wieder. Haelfas! Wieso? Wo kam er her? Er wollte doch erst am Abend zurückkommen! Er hatte sie wirklich belogen! Auf einmal hatte sie furchtbare Angst. Was war er? Was wollte er von ihr?
Sie erklomm einen Abhang und warf noch einmal einen Blick zurück. Haelfas rannte auf sie zu, und mehr als alles andere erschreckte sie die vollkommene Ausdruckslosigkeit seines Gesichts. Er sah aus wie eine zum Leben erwachte Statue, aber das war er nicht; er war auch kein Elf, er war ein Jäger, und Sonja war die Beute. War es die ganze Zeit gewesen, ohne es zu ahnen. Und sie war zu langsam, sie würde ihm nicht entkommen können, und weit und breit gab es niemanden, der ihr helfen konnte.
Mit einem Schluchzen drehte sie sich um und rannte weiter. Vor ihr wuchsen Büsche und Sträucher, ein paar dünne Bäumchen, dazwischen dunkle, zerfledderte Klumpen aus Erde und Wurzeln, wie das Wurzelwerk umgestürzter Bäume. Sie erinnerten Sonja an irgendetwas, das sie schon einmal gesehen oder von dem sie etwas gehört hatte, aber sie nahm sich nicht die Zeit, darüber nachzudenken.
»Bleib stehen!«, schrie Haelfas hinter ihr, und blindlings rannte sie weiter, zwischen zwei der Wurzelhaufen hindurch, und da bewegten sich plötzlich die schwarzen Wurzeln. Blitzschnell zuckten sie vor, schlangen sich um Sonjas Handgelenke, um die Knöchel, um den Körper, und rissen sie hoch. Die Welt kippte, und Sonja hing kopfüber, halb betäubt vor Entsetzen, zwischen ihnen. Rings um sie her knarrte und brauste es wie von einem Sturm, und ein starker Geruch nach Erde und Moder stieg von den Wesen auf. Sie war mitten in eine Wurzlerlichtung hineingelaufen.

Jeder hatte sie vor ihnen gewarnt – Ganna, Lorin, Elri –, und trotzdem hatte sie nicht aufgepasst und war ihnen geradewegs in die Falle gegangen.

Die Wurzler schüttelten sie, schienen sich knarzend und brummend zu unterhalten. Dann entfernten sie sich langsam voneinander – aber jeder hielt Sonja weiterhin fest und zog Arme und Beine auseinander. Sie schrie und versuchte sich zu wehren, aber gegen die Kraft der Wurzeln kam sie nicht an. Unerbittlich zogen sie weiter, und es tat so weh, dass sie nur noch schreien konnte.

»Sonja!«, brüllte Haelfas so laut, dass er ihre Schreie übertönte. »Das Amulett! Benutze das Amulett!«

Das Amulett, welches Amulett? Wie sollte sie es benutzen, wenn sie es doch nicht einmal unter ihrem Pullover hervorziehen konnte? Egal, völlig egal, es tat so weh, dass sie fast blind war, und so richtete sie ihren Schrei auf das Amulett. *Hilf mir!*, schrie sie, und als die Wurzler sie erneut hochhoben und schüttelten, rutschte das Amulett an seiner Kette nach unten und aus dem Pullover und gleißte so hell auf, als hätte es einen Sonnenstrahl eingefangen.

Augenblicklich hörten die Wurzler auf, sich zu bewegen und Sonja auseinanderzureißen. Langsam ließen sie ihre Wurzeln sinken. Sonja zappelte und wand sich, und der mörderische Griff der Wurzeln lockerte sich, bis sie auf den Boden plumpste und schluchzend wegkroch. Haelfas kam ihr nicht entgegen. Reglos blieb er stehen und blickte auf sie hinunter. Er versuchte nicht, sie zu berühren, aber Sonja musste ihn gar nicht mehr berühren; sie wusste jetzt, was er war. Sie hatte es in seinem Gesicht gesehen.

Ein Jäger.

Ganz ruhig fragte er: »Hat dich nie jemand vor den Wurzlern gewarnt?«

»Doch«, flüsterte sie, und ihr Hals war rau und schmerzte vom Schreien. »Lorin. Und Elri. Ich – hab's vergessen.«
»Es ist ziemlich dumm, so etwas zu vergessen.« Damit hatte er absolut recht. Sonja nahm sich vor, sich selbst eine kräftige Ohrfeige zu verpassen, sobald das elende Zittern aufhörte. Aber was sollte sie jetzt tun?
»Ich dachte – du – wolltest zu dem D-dorf«, stotterte sie.
»Da war ich auch«, erwiderte er, und etwas wie ein Schatten huschte über sein Gesicht. »Das Dorf ist tot. Ich habe nur verbrannte Ruinen gefunden.«
Sie hatte gedacht, sie könnte nicht noch mehr zittern, aber das war wohl ein Irrtum gewesen. Ihre Zähne schlugen aufeinander. »T-tot?«
Er nickte nur kurz.
»Und – und die Leute? Sind sie geflohen?«
»Nein.«
»Haben ... haben sie dich angegriffen?«
»Nein. Sie waren alle tot.« Er wandte sich von ihr ab und ließ seinen Blick über die Wurzlerlichtung streifen. Die unheimlichen Baumwesen standen ganz still, als seien sie nicht mehr als schwarzes Wurzelwerk. Aber Sonja wusste es jetzt besser. Ohne das Amulett hätten sie sie getötet.
Als Haelfas ihr – zum ersten Mal – die Hand entgegenstreckte, zuckte sie heftig zurück. Ihre Blicke trafen sich: angstvoll der eine, kühl und undurchschaubar der andere. Haelfas wusste doch, dass sie eine Seelentauscherin war. Was würde passieren, wenn sie seine Hand nahm? Der Flussgeist hatte sie gewarnt! Sie schüttelte heftig den Kopf, und Haelfas ließ die Hand sinken und trat einen Schritt zurück. »Was hat sich geändert?«, fragte er schroff. »Als ich wegging, war alles in Ordnung. Was ist passiert?«
Er konnte einem Flussgeist nicht wehtun. Oder doch? Was

wusste sie denn über ihn – außer seinem Namen, der auch noch falsch sein konnte?

»Was bist du?«, flüsterte sie.

»Die Frage fällt dir jetzt ein – nach drei Tagen? Mit wem hast du gesprochen?«

»Mit niemandem! Ich dachte nur –«

»Was?«, fragte er, als sie abbrach; es klang fast lauernd. »Du dachtest was?«

»Ich dachte, du – du wärst ein Elf. Aber es gibt gar keine Elfen in Parva ... oder?«

»Ich habe keine Ahnung, was du mit Elfen meinst«, erwiderte er. »Ich bin der Schattenjäger. Das hätte ich dir auch schon vor drei Tagen gesagt, aber du hast ja nicht gefragt.«

»Was – was ist ein Schattenjäger?« Das Wort gefiel ihr überhaupt nicht.

»Das, was das Wort sagt. Ich jage Schatten, ich jage im Schatten, ich bin selber Schatten.« Er verzog die Lippen zu einem winzigen Grinsen, das Sonja noch weniger gefiel. Aber sie hatte noch eine letzte Hoffnung. »Gehören Schattenjäger zu – zu den Alten Völkern?« Suche und wecke die Alten Völker, hatte Ganna gesagt. Vielleicht hatte Sonja doch nicht alles falsch gemacht, als sie mit einem bedrohlichen Fremden auf den Weg in die Wildnis gegangen war. Aber Haelfas zerstörte auch diese Hoffnung. »Nicht mehr«, sagte er schroff. Dann warf er einen Blick auf die sonnenbeschienene Lichtung. »Wenn es dir besser geht, sollten wir uns wieder auf den Weg machen. Dieses Alte Volk kann ziemlich unangenehm werden, wenn es erst einmal wütend ist.«

»Die Wurzler sind ein Altes Volk?«, fragte Sonja entgeistert. Er nickte.

Na klasse. Was hatte sich Ganna bloß dabei gedacht? Sollte sie jetzt etwa mit diesen Monstern reden, die gerade eben versucht hatten, sie zu töten?
Sie schaute die Wurzler an, und vielleicht schauten sie zurück. Je länger sie sie ansah, desto mehr schälten sich aus den schwarz-grauen Umrissen Formen heraus, die sie beinahe wiedererkannte. Gesichter ohne Augen, nur mit tiefen Höhlen. Klaffende Münder voller Erde und Wurzeln. In der Stille dieser Pflanzenwesen lag eine lauernde Bösartigkeit, die ihre Knie weich werden ließ. Noch immer taten ihr die Schultern weh, die von den erbarmungslosen Wurzeln fast ausgerenkt worden waren.
In Velerias Traumwelt hatte sie Wurzler gesehen – dunkle Gebilde, die träumend in der Sonne standen und nichts Böses kannten. Aber irgendwann vor langer, langer Zeit hatten sie aufgehört zu träumen. Und Sonja hatte sich nicht einmal vor den Erdgnomen so sehr gefürchtet wie vor diesen Wesen, die noch nicht einmal ansatzweise menschlich waren. Ohne Nachtfrost fand sie nicht den Mut, ihnen entgegenzutreten.
Ich kann das nicht, dachte sie. Es tut mir leid, Ganna, ich kann das nicht. Ohne Nachtfrost kann ich gar nichts.
Sie rappelte sich auf. Ihre Beine trugen sie – knapp. Sie wollte nur noch weg von hier, weit weg.
Haelfas wartete, und sie wusste, dass sie ihm die entscheidende Frage noch stellen musste – irgendwann. Was willst du von mir? Wo bringst du mich hin? Aber nicht jetzt. Nicht heute. Vielleicht nie. Eigentlich wollte sie nur noch weg, und irgendwie würde sie es schaffen, ihm davonzulaufen. In den Bergen. Bestimmt.
»Gehen wir?«, fragte er.
Sie nickte.

# Kampf um Gut Stettenbach

»Es ist recht einfach, den Geisterweg zu benutzen«, hatte Asarié Melanie einmal gesagt. »Natürlich gibt es einen Haufen Gefahren – er ist nun mal nicht für Menschen gedacht –, aber solange du ganz genau weißt, wohin du willst, wirst du auch dort ankommen.«

Das war leider genau das Problem.

Melanie stand, lag, schwebte in einem wabernden Durcheinander aus Millionen von Farben und wusste nicht, wohin sie gehen sollte.

Zu Ganna, um ihr das Buch zu geben? Aber sie wusste doch gar nicht, wo Ganna jetzt war. Also musste sie zuerst zum Lager der Tesca gehen, oder? Aber was, wenn die Tesca sie nicht wiedererkannten und sie angriffen? Sollte sie vielleicht zuerst doch lieber in die Zerbrochene Stadt reisen und von dort aus – aber dort war nichts außer Asarié, und Asarié würde vielleicht versuchen, ihr etwas anzutun. Nachtfrost hatte sie zwar in einen Baum verwandelt, aber vielleicht besaß sie noch immer ihre Hexenkräfte. Und nach dem, was sie gerade in Asariés Haus gesehen hatte, wollte Melanie der Hexe ganz bestimmt nie wieder zu nahe kommen.

Hoffentlich wurde Ben mit dem Monster fertig! Was war es überhaupt gewesen? So etwas hatte sie noch nie gesehen und wollte es auch nie wieder sehen – eine wimmelnde,

sich ständig verändernde Finsternis mit Zähnen – sie bekam eine Gänsehaut, wenn sie nur daran dachte. Außerdem wusste sie gar nicht, wie sie von der Zerbrochenen Stadt aus reisen konnte. Ein Troll hatte sie dort hingebracht, aber auf so ein praktisches Trolltaxi konnte sie sich nicht verlassen.
Also zu Ganna. Oder zu den Tesca. Oder?
Sie schwebte im Nichts und konnte sich nicht entscheiden.

Philipp fuhr mit dem Bus nach Hause.
Er war noch immer sauer und machte sich große Sorgen. Was war mit Sonja und Nachtfrost passiert? Wo waren sie? Warum war die Nebelbrücke zerrissen? Was, wenn Sonja nicht mehr nach Hause kommen konnte? Nein – daran wollte er nicht denken. Ben wusste bestimmt, was er tat, wenn er Melanie alleine über den Geisterweg schickte.
Wirklich?
Warum fuhr bloß dieser elende Bus nicht schneller? Warum hielt er schon wieder an so einer dämlichen Haltestelle – bloß weil da Leute herumstanden? Finster sah Philipp zu, wie ein etwa sechzehnjähriger Junge in Jeans und Lederjacke und zwei alte Männer einstiegen. Die beiden Männer setzten sich nach vorne. Der Junge ging an Philipp vorbei nach hinten, aber plötzlich kam er zurück.
»He. Du bist doch Philipp Berger, oder?«
Philipp blickte auf. Der Junge kam ihm vage bekannt vor, aber eigentlich hatte er nicht die geringste Lust zum Reden.
»Na und?«
»Ich bin Sebastian«, sagte der Junge. Und als Philipp seinen Blick nur völlig ausdruckslos erwiderte, setzte er hinzu: »Hell's Devils.«
Daran erinnerte Philipp sich gut. Die ›Hell's Devils‹ waren

eine Gruppe von Sechzehnjährigen, die mit ihren Mofas die Stadt unsicher machten. Vor ein paar Jahren hatte er das auch noch getan. Wichtiger war allerdings, dass die ›Devils‹ irgendwie in die Geschichte um Sonja, Nachtfrost und Melanie hineingeraten waren. Ein paar Tage lang hatten sie sogar mit Darian verbracht, dem Prinzen von Parva, der ihnen ein paar Kampftricks beigebracht hatte.
»Setz dich.« Philipp rückte auf den freien Sitz am Fenster. Sebastian hockte sich neben ihn. »Ich wollte dich was wegen meinem Mofa fragen.«
»Wenn es ums Frisieren geht, vergiss es. Aus dem Geschäft bin ich raus.«
Sebastian grinste. »Nee, das kann ich schon selbst. Fünfundfünfzig schaffe ich schon. Was ich fragen wollte: seit ein paar Tagen klopft der Motor so komisch, wenn ich richtig aufdrehe. Was kann das sein?«
»Keine Ahnung. Bring's in die Werkstatt.«
»Hab kein Geld.«
»Dein Pech.«
»Kannst du es dir nicht angucken?«
»Sehe ich wie ein Wohltätigkeitsverein aus?«
Nein, aber du klingst wie diese alte Zicke Vittori, flüsterte eine Stimme in ihm. Na und? Er hatte an Wichtigeres zu denken. Zum Beispiel daran, dass er sich Sorgen um seine kleine Schwester und ihre Freundin machte. Und um ihr Einhorn. Er hatte selbst erfahren, welche Macht Nachtfrost als Bote der Göttin besaß. Was konnte so stark sein, dass es den Einhornzauber zerstörte? Was für Monster und Gefahren gab es in Parva?
»... Darian noch mal gesehen?«, fragte Sebastian.
Mit einem Ruck kehrte Philipp aus seiner Grübelei zurück. »Was?«

»Ob du Darian noch mal gesehen hast«, sagte Sebastian. »Der war ganz plötzlich wieder weg. Max war sauer.« Er senkte die Stimme zu einem Flüstern. »Der konnte nämlich zaubern.«
»Wer, Max?«
»Quatsch! Darian!«
Das wusste Philipp nur zu genau. Schließlich hatte Darian ihnen das alles eingebrockt. Hätte er das Wolfskopfamulett nicht verloren, sodass Sonja es finden musste, wäre das alles nicht passiert, und Sonja wäre jetzt in Sicherheit. »Du spinnst.«
»Tue ich nicht! Weißt du, wo er ist?«
»Wahrscheinlich wieder zu Hause.«
»Und wo ist das?«
In einer anderen Welt. »Keine Ahnung.«
Und plötzlich wurde ihm schwindlig. Die Welt wurde dunkel. Bus und Menschen verschwanden, und da war etwas – etwas Wimmelndes, Grauenhaftes, ein Hauch von Silber und Schwarz, ineinander verschlungen im rasenden Kampf, und was immer es war, es kam über die Nebelbrücke, die wieder da war, doch in tausend silberne Splitter zerschlagen, ein zerrissenes Netz aus Zauber und Entsetzen. Und als Wächter der Nebelbrücke – oder was auch immer davon übrig war – wusste Philipp genau, wo der Kampf enden würde.
Er schmeckte Blut auf den Lippen. Sein Herz klopfte so laut, dass er nichts anderes hörte. Langsam kam er zu sich. Er stand im Bus, die Hände um die Lehne des Sitzes vor ihm gekrallt, und alle Leute starrten ihn an.
Sebastian betrachtete ihn von der Seite und schien zu überlegen, ob er sich nicht doch lieber woanders hinsetzen wollte. »He«, sagte er fast zaghaft. »Alles in Ordnung?«

»Klar.« Philipp sprach gegen das Rauschen in seinen Ohren und hörte seine eigene Stimme nicht. »Lass mich vorbei. Ich muss raus.«
»Du siehst übel aus«, sagte Sebastian unerwartet besorgt. »Was ist los?«
»Nichts. Ich –« Er brach ab.
Vielleicht hatte er hier jemanden, der ihnen helfen konnte. Falls nicht schon alles zu spät war.
Er setzte sich hin. »Hör zu«, sagte er und zwang sich, so leise zu sprechen, dass niemand außer Sebastian ihn hören konnte. »Wenn du Darian nicht kennengelernt hättest, würde ich dir nichts erzählen, weil es einfach nur vollkommen verrückt klingt. Er stammt von einer anderen Welt. Deshalb kann er zaubern.«
Sebastian starrte ihn an. »Sag mal, willst du mich für blöd verkau–«
»Du hast Darian gesehen, oder nicht? Tu mir einen Gefallen. Hol deine Kumpels und fahrt zum Gut Stettenbach. Ich hole mein Moped und komme auch hin.« Noch immer war ihm schwindlig. Silber und Schwarz. Würmer. Ein mörderischer Kampf. Hatte er ein Recht, die ›Devils‹ da hineinzuziehen? Aber was sollte er sonst tun? Allein hatten er und Ben keine Chance. »Und bewaffnet euch – womit, ist mir egal!«
»Wieso, was ist denn auf diesem Gut? Und wo liegt das überhaupt?«
Philipp beschrieb ihm kurz den Weg. »Und was da ist – ich weiß es nicht. Irgendwas, das wir unschädlich machen müssen, und zwar schnell. Also, hilfst du uns?«
»Euch?«
»Ben und mir.«
»Wer ist –«

»Ein Freund. Der jetzt gerade in üblen Schwierigkeiten steckt, wenn ich mich nicht irre.«

Sebastian zögerte. Lange. Was Philipp ihm da gesagt hatte, war nicht misszuverstehen: Sie würden gegen irgendetwas ziemlich Großes, Starkes kämpfen müssen. Und bisher hatten sich die ›Hell's Devils‹ eigentlich nur dadurch ausgezeichnet, dass sie auf Kleinere und Schwächere losgingen.

Aber dann schaute der Junge ihn an und sagte: »Okay. Ich hole die anderen. Wir hatten heute eh nichts anderes vor, als uns zu Tode zu langweilen.« Er schüttelte den Kopf. »Ich würde ja denken, dass du in die Klapsmühle gehörst – wenn ich Darian nicht gesehen hätte.«

An der nächsten Haltestelle stieg er aus. Philipp hielt noch fünf Minuten länger aus, bis der Bus endlich wieder rechts heranfuhr und anhielt. Dann stürzte er hinaus und rannte nach Hause.

Wie bewaffnete man sich gegen ein Monster? Er hatte keine Ahnung, und auf dem Moped konnte er auch nicht allzu viel transportieren. Er kramte in der Werkstatt im Keller herum und entschied sich schließlich für eine sehr massive Rohrzange. Das musste reichen, etwas Besseres hatte er nicht.

Philipp schwang sich auf sein Moped, gab Gas und jagte los.

Schon von Weitem sah er die riesige schwarze Wolke über dem Gut. Feuer! Was war da passiert? Was war mit den Pferden? Er beschleunigte das Moped, fegte um eine Kurve und wäre beinahe in die ›Devils‹ hineingerast, die mit ihren Mofas mitten auf der Straße standen und über die Koppeln hinweg zum Gutshof hinstarrten, der ganz und gar von der schwarzen Wolke eingehüllt war. So sah doch keine Rauch-

wolke aus! Trotz des Windes bewegte sie sich kein Stück von der Stelle.
»Philipp!« Sebastian drehte sich zu ihm um. »Von Feuer hattest du nichts gesagt! Was sollen wir jetzt machen?«
»Die Feuerwehr rufen«, sagte Frank. »Der ganze Hof brennt!«
»Quatsch!«, herrschte Max ihn an. »Hast du keine Augen im Kopf? Das ist kein Feuer! Das ist irgendwas anderes!« Mit funkelnden Augen wandte er sich an Philipp. »Wie kommen wir dahin?«
»Über die Koppeln«, entschied Philipp. »Die Mofas lassen wir hier.« Er senkte die Stimme. »Was habt ihr für Waffen?«
»Das Übliche«, erwiderte Max. »Fäuste und den Gummiknüppel, den ich meinem Vater geklaut habe.« Er grinste ohne eine Spur von Angst. »Gehen wir?«
»Ich hab ein Messer«, sagte Achim zögernd. »He, Berger, was ist denn da auf dem Hof? Sebastian sagte was von Darian –«
»Darian ist nicht da.« Philipp schaute zu der Wolke hin, und es überlief ihn kalt. Was war das für ein Kampf? War Ben irgendwo da drin? »Vielleicht bleibt ihr doch besser hier. Ich gehe alleine und –«
»Und behältst den ganzen Spaß für dich? Kommt nicht infrage.« Max baute sich neben ihm auf. »Wir gehen mit, klar?«
Achim, Sebastian und Stefan nickten. Frank sagte: »Ohne mich. Ich geh da nicht hin. Tschüs, Leute.« Er lief zu seinem Mofa, schwang sich in den Sattel und bretterte davon.
»Feigling!«, brüllte Max ihm nach, aber er kümmerte sich nicht darum. Philipp wartete nicht darauf, wie die anderen sich entschieden. Mit einem Satz schwang er sich über den weißen Koppelzaun und rannte los.

Als er näher kam, hörte er, dass die Wolke nicht still war. Etwas zischte und brauste darin, und dann hörte er ein grollendes, blubberndes Geräusch, das ihm die Haare zu Berge stehen ließ.
Das war eine Stimme.
Egal.
Er rannte weiter, und die vier übrig gebliebenen ›Höllenteufel‹ folgten ihm. Offenbar waren sie genauso verrückt wie er selber, aber wenigstens waren sie mutig.
Wenige Meter vor der Wolke hielten sie an. Wie ein riesiger schwarzer Wattebausch hüllte sie den ganzen Hof ein und lag vor Philipp und seiner kleinen Streitmacht wie eine Wand. In den Ställen wieherten die Pferde voller Angst.
»Ich gehe rein«, sagte Stefan unvermittelt. »Einer muss die Pferde da rausholen, das mache ich.« Ohne eine Antwort abzuwarten, rannte er in die schwarze Wolke hinein und war weg.
Max drehte sich zu Philipp um. »Und was machen wir? Was ist das überhaupt für eine Wolke? Sollen wir die etwa bekämpfen?«
»Irgendwo da drin ist ein Mann«, sagte Philipp. »Sieht aus wie ein Afrikaner, ist aber keiner. Ich versuche, ihn zu finden. Wer kommt mit?«
»Keiner, deshalb sind wir ja hier«, sagte Max spöttisch. »Los, Mann!«
Philipp grinste ihn an; der Junge gefiel ihm plötzlich richtig gut. »Also los.« Er machte einen Schritt nach vorne – und hielt wieder an.
»Was ist?«, fragte Sebastian.
»Nur eins. Falls ihr da drin ein schwarzes Einhorn mit silberner Mähne und silbernem Schweif seht, helft ihm. Egal, was es tut. Okay?«

»Ein schwarzes Einhorn«, sagte Max. »Schon klar. Du bist vollkommen übergeschnappt. Vorwärts!«
Und sie stürzten sich alle vier in die schwarze Wolke.

Verrückterweise war es in der Wolke nicht schwarz. Sie war nicht massiv, wie Philipp erwartet hatte, sondern eher ein turmhoher Ring, der sich um den Hof geschlossen hatte. Von ganz hoch oben drang graues Tageslicht nach unten und hüllte den Hof in ein gespenstisches Licht.
Mitten im Hof kämpfte Ben mit einem Feuerschwert gegen ein Ungeheuer.
Es war so groß wie das Haus, stank betäubend nach Schwefel und schien aus wirbelnder Schwärze zu bestehen. Vorne klaffte ein grausiges Maul mit schwarzen Zähnen, die Ben zu schnappen versuchten. Unzählige Klauen formten sich aus der Schwärze und schlugen nach ihm. Es gelang ihm immer wieder, im letzten Moment zurückzuspringen und mehrere Klauen abzutrennen, aber die Stücke rollten einfach wieder zu dem Körper des Monsters zurück und verschmolzen mit ihm, um sich wieder neu zu formen.
Philipp war wieder stehen geblieben. Sollte das etwa Nachtfrost sein? Ausgeschlossen – aber er spürte den silbernen Faden so deutlich, als könnte er ihn wirklich sehen, und er führte direkt in das Monster hinein. War das Nachtfrost? Kämpfte er gegen Ben? Was um alles in der Welt war da passiert? Sein Magen fühlte sich wie ein Stein an. Wenn das dort Nachtfrost war – was war dann mit Sonja?
Die Devils standen hinter ihm. »Ach du Scheiße«, flüsterte Max. »Gegen dieses Ding sollen wir kämpfen?«
Philipp überlegte blitzschnell. »Nein. Holt Ben da raus – das ist der Mann da.« Er umfasste die Rohrzange so fest, dass ihm die Hand wehtat. »Ich – lenke das Biest ab.«

»Geht klar.« Max drehte sich zu seinen Freunden um. »Aktion Handtaschenraub, Leute.«

Sie nickten und rannten los.

Ben war so sehr auf den Kampf konzentriert, dass er sie nicht bemerkte, bis es zu spät war. Sebastian tauchte links vor ihm auf, Achim rechts, und während beide ihm die Arme festhielten und ihn zurückzerrten, schnappte Max sich das Feuerschwert.

»Nein!«, brüllte Ben. »Ihr verdammten –«

Weiter kam er nicht. Philipp hatte erwartet, dass das Einhornungeheuer den Kampf abbrechen würde. Stattdessen holte es mit einer messerscharfen Klaue aus und fetzte sie Ben quer über den Leib.

Sebastian und Achim taumelten zurück. Der schwarze Mann flog zur Seite wie eine Puppe. Er schlug auf dem Pflaster des Hofes auf, überschlug sich ein paarmal und blieb reglos liegen.

Und Philipp begriff, dass er sich auf schreckliche Weise geirrt hatte. Dieses Monster war nicht Nachtfrost. War nie Nachtfrost gewesen. Es war ein Dämon aus den Nebelhöllen von Parva, und Ben hatte versucht, es dorthin zurückzutreiben, wo es hingehörte.

Das Ungeheuer holte erneut aus.

»Rennt weg!«, hörte er sich brüllen, und die Devils reagierten sofort. Max ließ das Feuerschwert fallen, und die drei schossen nach verschiedenen Seiten davon. Das Ungeheuer zögerte, drehte den augenlosen Körper hin und her, als könne es sich nicht entscheiden, wem es folgen sollte.

Philipp rannte los, auf Ben zu, der regungslos auf dem Pflaster lag, und konnte nur beten, dass er nicht tot war. Er warf sich neben Ben auf die Knie. »Ben!«

Ben war nicht tot, aber nahe dran. Seine Brust war blut-

überströmt, seine schwarze Haut grau. »Philipp«, wisperte er. »Wasser. Ruf die – Feuerwehr. Wir brauchen – Wasser.«
»Wasser? Was meinst du damit?« Philipp warf einen hastigen Blick auf das Ungeheuer, aber es achtete nicht auf ihn, sondern wälzte sich unbeholfen hinter den drei ›Devils‹ her, die vor ihm her rannten, herumsprangen und es auf jede nur denkbare Weise ablenkten.
»Wasser – kann es – töten«, flüsterte Ben. »Deshalb habe ich – den Rauch –« Er brach ab.
»Ben!«, schrie Philipp, aber Ben antwortete nicht.
Philipp sprang auf. Wasser. Wasser! »Max!«, schrie er, und Max schlug einen Bogen um das Monster und rannte auf ihn zu. »Max, ruf die Feuerwehr! Wasser kann es töten!«
»Klingt gut«, keuchte Max. »Was ist mit dem Kerl? Ist er tot?«
»Nein, er –«
Ein Schrei ließ sie beide herumfahren. Sie sahen gerade noch, wie Achim durch die Luft flog, beiseitegeschleudert wie eine Lumpenpuppe.
»Renn weg, Sebastian!«, brüllte Philipp. Sebastian, der völlig geschockt stehen geblieben war, rannte los – keine Sekunde zu früh. Die Klaue des Monsters fuhr durch die Luft, wo er gerade noch gewesen war.
»Haut ab«, sagte Philipp tonlos. »Alle beide. Tut mir leid, dass ich euch da reingezogen –«
»Klappe, Berger«, sagte Max. »Werd jetzt bloß nicht sentimental, klar? Wir sind in fünf Minuten mit zehn Millionen Litern Wasser wieder hier!«
Und er rannte los, tauchte in die schwarze Wolke und war weg. Sebastian folgte ihm. Philipp drehte sich zu dem Ungeheuer um, und es drehte sich zu ihm um. Da war noch immer eine Spur von Silber in der wirbelnden Masse, aber

ganz gleich, was dieses Monster war, es musste aufgehalten werden.
Philipp griff nach dem Feuerschwert, das lodernd auf dem Steinpflaster lag. Jetzt hatte er eine Rohrzange, die ihm nichts nützte, und ein Schwert, mit dem er nicht umgehen konnte. Ihm war speiübel vor Angst, und falls Max und Sebastian wirklich in ein paar Minuten mit der Feuerwehr zurückkamen, würde er längst tot sein.
Er holte tief Luft, und das Ungeheuer antwortete mit einem abgrundtiefen, blubbernden Grollen.
»Komm her, Mistvieh«, sagte er.

Ganna? Tesca? Lyecenthe?
Es hatte keinen Zweck. Melanie konnte sich nicht entscheiden. Jedes Mal, wenn sie dachte, jetzt ganz sicher zu sein, überfielen sie wieder die Zweifel.
Philipp hatte recht, dachte sie. Es ist alles völlig hirnverbrannt. Wir hätten das alles besser besprechen sollen.
Sie schaute sich um. Geister schwebten an ihr vorbei, seltsam verformte und fremdartige Gestalten, die Melanie wohl nur deshalb nicht angriffen, weil sie sie nicht richtig sehen konnten. In dieser Geisterwelt war sie selbst ein Gespenst, körperlos und unsichtbar.
Ich muss zurück, dachte sie. Ihr graute vor den Schatten und dem Ungeheuer in Asariés Haus, aber Ben kam damit bestimmt zurecht. Er konnte zaubern, ebenso wie Darian und Asarié, er brauchte vor ein paar Schatten keine Angst zu haben.
Sie musste zurück. Es war die richtige Entscheidung.
Wirklich? Lag es nicht bloß daran, dass sie einfach Angst hatte?
Natürlich hatte sie Angst. Sie hatte schon einmal erfahren,

welche Folgen eine überstürzt getroffene Entscheidung in der Zauberwelt haben konnte.
Aber diesmal hatte sie nicht nur Angst um sich selbst, sondern auch um Sonja, Nachtfrost und alle anderen, die durch den Einhornzauber mit ihr verbunden waren. Ben hatte sie alleine losgeschickt, aber daran war etwas grundfalsch, und Melanie wusste auch, was es war: Sie sollte nicht allein nach Parva gehen. Es war nicht ihre Welt, sondern Sonjas. Sie selbst hatte dort keinen Platz. Das hatte sie inzwischen begriffen. Wenn sie alleine ging, würde nur neues Unheil entstehen.
Zurück, dachte sie. Ja. Unbedingt.
Die wabernden Farben um sie herum änderten sich nicht, aber das war egal. Sie sah den Umriss des Spiegels vor sich. Ben war bestimmt noch da und wartete auf sie; sie war ja nur ein paar Sekunden weg gewesen.
Sie drückte das schwere Buch an die Brust und trat aus dem Spiegel in Asariés Schlafzimmer.
Es war dunkel. Draußen schien es Nacht zu sein. Damit hatte Melanie nicht gerechnet. Ängstlich schaute sie sich um – würde sie die Schatten überhaupt entdecken können? Wo war Ben?
In der Luft lag ein seltsames Geräusch, ein Zischen und Brausen, und auf dem Hof klang es, als würde ein großer Müllcontainer zur Seite gerollt. Es stank nach Schwefel. Melanie lief zum Fenster und blieb wie erstarrt stehen.
Dort unten kämpfte Philipp mit einem Feuerschwert gegen einen schwarzen Albtraum. Und Ben lag reglos in einer Lache aus Blut. Und drüben am Stall lag noch jemand, den sie nicht erkannte.
Eine Hand packte ihren Arm, und sie schrie so laut wie noch nie in ihrem Leben.

Der Junge, der sie gepackt hatte, zuckte zurück, unten im Hof riss Philipp den Kopf hoch und starrte zu ihr hinauf. Einen endlosen Moment lang trafen sich ihre Blicke. Dann schlug das Monster zu. Das Feuerschwert flog durch den ganzen Hof und klirrte irgendwo zu Boden, und Philipp taumelte, hielt sich die Brust und fiel auf die Knie.
Das Monster holte noch einmal aus.
Aus der schwarzen Wolke schoss ein dicker Wasserstrahl, dann noch einer. Ziellos schwenkten sie herum und übergossen den Hof und das Monster mit einer wahren Flut.
Das Ungeheuer brüllte auf. Es klang wie der Donner eines startenden Flugzeuges, und Melanie presste sich die Hände auf die Ohren.
Das schwarze Ding torkelte, verlor seine Festigkeit. Die wimmelnde Finsternis löste sich auf, verwehte wie Rauch und nahm den Schwefelgestank mit sich, und im Hof von Gut Stettenbach lag in einer riesigen Wasserlache ein schmutzig schwarzes Einhorn mit einer Mähne und einem Schweif, die an graue Scheuerlappen erinnerten.
Und Philipp.
Und Ben.
Und der andere, den sie nicht erkannte.
Die riesige schwarze Wolke rings um den Hof verflog im Wind. Melanie sah zwei Feuerwehrwagen und eine Gruppe Feuerwehrmänner, die in den Hof liefen und abrupt anhielten, als sie sahen, was dort lag. Jemand rief etwas, das Wasser wurde abgeschaltet, und draußen wurde es sehr still.
Melanie drehte sich um. Derjenige, der ihren Arm gepackt hatte, war Stefan, einer der ›Hell's Devils‹. Mit kalkweißem Gesicht starrte er sie an.
»Ich – ich dachte, hier wäre ich sicher«, flüsterte er. »Und du – bist – aus dem Spiegel gekommen.«

Sie fragte ihn nicht, was er in Asariés Haus zu suchen hatte. Sie fühlte sich, als sei sie selber tot.
Ben.
Philipp.
Tonlos sagte sie: »Du hast ihn umgebracht.« Dann ging sie an ihm vorbei. Aus dem Zimmer. Durch den Flur. Die Treppe hinab. Aus der Tür und auf den Hof.
Als sie ins Freie trat, rief einer der Männer: »Ein Mädchen!«
»Ja sicher, ein Mädchen«, sagte eine laute Jungenstimme. »Oder dachten Sie, ein Rhinozeros? Und kann vielleicht mal irgendwer 'nen Krankenwagen rufen?« Es war Max, der Anführer der ›Hell's Devils‹, der sich an den Feuerwehrleuten vorbei nach vorne drängte. Und da war auch Sebastian, der zu dem dritten reglosen Körper hinstolperte und weinte, und da begriff Melanie, wer das sein musste. Sie verstand das alles nicht, aber ihr Kopf war dumpf von dem Schock. Nachtfrost war da. Und Ben. Und Philipp.
Alle tot.
Das konnte nicht sein.
»Ist das ein Einhorn?«, flüsterte jemand.
Wie im Traum drehte Melanie sich um. Da war ein Hauch von Silber in all dem nassen Grau und Schwarz. Sie war durch einen Zauber mit dem Einhorn verbunden, und der Zauber lebte noch, auch wenn alles andere tot war. Sie ging zu Nachtfrost hin und kniete sich neben ihn in die Pfütze. Die Nässe spürte sie kaum. Sie strich über das glanzlose schwarze Fell und schaute in das nach oben gerichtete Auge, das den grauen Himmel spiegelte.
Ein Spiegel, hörte sie Asarié sagen. Mehr als das brauchen wir nicht. Damit gehen wir, wohin wir wollen.
Sie streckte die Hand aus und berührte den schwarzen

Spiegel ganz vorsichtig mit einem Finger. Und als sie spürte, wie ein winziger silberner Funke in der endlosen Dunkelheit erlöschen wollte, schloss sie die Augen, sah den Funken vor sich und hielt ihn fest.

Und sie fühlte, wie sich die Brücke wieder aufbaute, Faden um Faden aus silbrigen Spinnweben geflochten, bis sie endlich wieder fest war wie Stein.

Jemand stieß ein Keuchen aus.

Melanie öffnete die Augen. Nachtfrost stand vor ihr. Dreckig und grau wie ein Scheuerlappen, zu Tode erschöpft, aber lebendig. Er senkte den Kopf und berührte ihre Wange. *Danke,* sagte er. *Das werde ich dir niemals vergessen.*

Dann wandte er sich ab und schritt zu Ben hin. Er berührte ihn mit dem Horn, dann ging er zu Philipp und berührte ihn ebenfalls. Und während er zu dem gefallenen ›Höllenteufel‹ Achim hintrottete und auch ihn mit einer einzigen Berührung heilte, schlossen sich Bens und Philipps Wunden, und sie setzten sich langsam auf und schauten sich verständnislos um.

Bens Augen wurden weit, als er die Männer sah, die ihn anstarrten. »Das ist ja großartig«, hörte Melanie ihn murmeln. »Und was mache ich jetzt?«

»Biete ihnen Kaffee an«, sagte Philipp trocken, und Melanie brach in Tränen aus, flog über den Hof zu ihm hin und fiel ihm um den Hals.

# Der Schatten und das Licht

Am achten Tag nach Beginn ihrer Wanderung erreichten Sonja und Haelfas einen Bergkamm und sahen unter sich einen Wald und dahinter, scheinbar endlos, die Steppe. Sonja stieß einen Jubelschrei aus; Haelfas lächelte.

»Machen wir eine Pause«, sagte er.

Sie setzten sich auf einen sonnenbeschienenen Felsen hoch über dem Land und teilten sich Fleisch und Brot, die Haelfas von einem Jäger in den Bergen bekommen hatte.

Man konnte wirklich nicht sagen, dass sie sich ›zusammengerauft‹ hatten, aber Sonja hatte nur noch zweimal daran gedacht, ihm wegzulaufen, und hatte es dann doch nicht getan. Warum, wusste sie selbst nicht so recht. Vielleicht lag es daran, dass ihr in den langen, kalten Nächten, wenn sie wegen der Suchtrupps kein Feuer anzuzünden wagten, seinen Umhang geliehen und Geschichten erzählt hatte. Geschichten, die so vertraut waren wie Märchen und etwas in ihr berührten, das in Parva zu Hause war.

Jemand, der Geschichten erzählte, konnte nicht so böse sein, dachte sie. Noch immer wusste sie nicht, warum er sie begleitete, aber zum Spürer brachte er sie bestimmt nicht. Sonst hätte er sie nämlich einfach nur dem nächstbesten Suchtrupp übergeben und das Kopfgeld kassieren können, statt ihr Salbe für die wund gelaufenen Füße zu geben, sie durchzufüttern und immer wieder auf sie warten zu müssen. Sie war nicht mehr ganz so schlapp und untrainiert wie am Anfang der Wanderung, aber noch weit davon entfernt, mit ihm Schritt halten zu können.

Und so wanderten sie eine Woche lang durch die Berge: ein Schattenjäger und ein Mädchen, das im ganzen Land als Verbrecherin gesucht wurde, und wenn Sonja Haelfas anschaute, lächelte er, und manchmal lag in seinen Augen ein seltsames Bedauern, das sie nicht verstand.

Als sie ihre kargen Vorräte aufgegessen hatten, kletterten sie von dem Felsen herunter. Der Berg war recht steil, mit einigen ganz glatten Abhängen, und Haelfas gab Sonja ein Seil, das sie sich um den Brustkorb wickeln sollte. Er brachte es fertig, das Seil zu verknoten, ohne Sonja dabei auch nur einmal zu berühren. Dann machten sie sich an den Abstieg: Haelfas lautlos und geschmeidig voran, Sonja langsam und ängstlich hinterher.

Sie hatten schon gut zwanzig Meter nach unten zurückgelegt, als ein Schatten über Sonja hinwegstrich. Sie klammerte sich am Felsen fest und verdrehte den Kopf. Zuerst sah sie nichts. Aber dann tauchte etwas über ihr auf: ein Vogel mit einem seltsamen, langen Hals und weit ausgebreiteten Lederflügeln. Er erinnerte sie an ein Tier aus ihrem Dinosaurierbuch. Er war groß, viel größer als ein Adler. Größer als jedes andere fliegende Tier, das sie je gesehen hatte. Von einer Flügelspitze zur anderen war er bestimmt vier Meter lang. In seinem langen, schnabelartigen Maul glitzerten scharfe Zähne.

»Haelfas«, rief sie voller Angst.

Der Schattenjäger blickte auf und stieß einen kurzen Fluch aus. »Ein Drachenvogel – das können wir gerade gebrauchen! Kletter weiter! Schnell!«

»Ist er gefährlich?«

»Normalerweise nicht – wenn man sich verteidigen kann.«
Aber sie konnten sich nicht verteidigen. Auf dem Boden hätte Haelfas das Tier mit Pfeil und Bogen abschießen können, aber hier hingen sie an der Steilwand fest. Und plötzlich ging alles blitzschnell. Der Drachenvogel legte die Flügel eng an den Körper und stieß auf Haelfas hinab, der am Felsen klebte und nicht ausweichen konnte. Sonja schrie seinen Namen. Er blickte über die Schulter zu dem Vogel, dann zu Sonja hoch, riss sein Messer heraus und durchschnitt das Seil, das sie mit ihm verband.
Eine Sekunde später stürzte er in die Tiefe, an den Drachenvogel gekrallt, der nicht stark genug war, ihn hochzutragen. Und wenn er das Seil nicht durchgeschnitten hätte, wäre Sonja mit ihm abgestürzt.
Ohne sich zu besinnen, kletterte sie hinter ihm her nach unten. Sie rutschte ab, fing sich in letzter Sekunde, kletterte weiter, rutschte weiter.
Haelfas lag in einem Haufen Geröll auf dem Rücken. Neben ihm lag der Drachenvogel mit gebrochenem Genick. Aus der Nähe sah er noch hässlicher aus, mit zottigem grauem Fell, tückischen gelben Augen und dicken Krallen an den Flügelspitzen. Sonja gönnte ihm nur einen kurzen Blick und kauerte sich neben Haelfas nieder. Sie wagte nicht, ihn zu berühren. Die ganze Zeit über hatte er es nicht gewollt. »Haelfas«, wisperte sie.
Der Schattenjäger öffnete die Augen. Sein Blick ging erst ins Leere, dann zu dem toten Vogel, dann zu ihr. »Ja«, flüsterte er mit rauer Stimme, »ich hätte mir denken können, dass Aruna eingreift.«
Sonja hatte keine Ahnung, wovon er da redete. »Bist du … bist du schlimm verletzt?«
»Nicht mehr als üblich, wenn man von einem Berg fällt.«

Er lachte, aber dann hustete er plötzlich, sein Gesicht verzerrte sich, und Blut lief aus seinem Mund. Danach lag er ganz still, mit geschlossenen Augen, und Sonja wagte nicht, sich zu rühren oder irgendetwas zu sagen.
Endlich machte er die Augen wieder auf. »Du wolltest wissen, was ich bin«, sagte er mühsam. »Nimm meine Hand.«
Eine Woche lang hatte sie sich davor gefürchtet. Ungerufen klangen wieder die Worte des Flussgeistes in ihrem Kopf: *Hüte dich, den zu berühren, den du als Haelfas kennst.*
Sie wollte es nicht wissen. Sie wollte seine Seele nicht berühren. Aber sie tat es.
Und berührte Dunkelheit. Da war nichts. Kein Seelentausch, keine Geschichte, keine Namen. Nur endlose, stille Finsternis.
Als sie Haelfas' Hand losließ und aufblickte, sah sie dieselbe Finsternis in seinen Augen.
»Ich bin ein Schatten«, sagte er leise. »Und ein Jäger. Mehr nicht.«
»Dann kannst du doch auch nicht sterben«, sagte sie mit bebenden Lippen, und Haelfas lachte wieder leise, obwohl es ihn zu zerreißen schien. »Doch, Sonja, das kann ich. Und ich werde es auch tun. Sag mal – damals an der Brücke, wer hat dich vor mir gewarnt?«
Sie zögerte.
»Sag es nur«, wisperte er. »Ich kann ihm nicht mehr schaden. Wer war es?«
»Ein ... ein Flussgeist«, antwortete sie zögernd.
Haelfas nickte langsam. »Wenn du ihn je wiedersiehst, sag ihm ... er hatte recht.«
Sonja zuckte zusammen. »Was? Aber –«
»Ich war dein Feind«, sagte Haelfas. »Vom ersten Tag an. Ich habe dir nicht geholfen, ich habe dich benutzt. Du ... warst ein Köder.«

Sie starrte ihn nur an. Sie hatte es gewusst, die ganze Zeit über, und trotzdem weigerte sich ihr Herz jetzt, es zu glauben. »Was für ein Köder?«, fragte sie heiser.
»Ich war ... nicht frei. Der Spürer hatte Macht über mich. Während ich mit dir gewandert bin, sind uns die Suchtrupps gefolgt. Zu ... den Elarim und den Tesca. Damit der Spürer ...« Er hustete, und sein Gesicht verzerrte sich vor Schmerz. »Damit der Spürer sie ... töten kann.«
Ihr war plötzlich ganz kalt, obwohl die Sonne ihr auf Haar und Schultern brannte.
»Sie sind wichtig, verstehst du«, sagte Haelfas. Er sprach schnell, als ob er fühlte, dass ihm die Zeit davonlief. »Sie sind die Letzten, die noch gegen den Spürer kämpfen, und sie haben ein Mädchen ausgeschickt, das die Alten Völker wecken soll. Und ich glaube, wenn sie sich nicht allzu dumm anstellt, wird sie es schaffen.« Er verzog die Lippen zu einem Lächeln, das Sonja nicht erwidern konnte. Dann wurde er wieder ernst. »Es tut mir leid«, sagte er. »In den letzten Tagen ließ die Macht nach, die der Spürer über mich hatte. Ich glaube, das Amulett hat sie abgeschwächt, und ich konnte wieder selbst entscheiden, was ich tun wollte. Ich habe die Suchtrupps in die Irre geführt, aber sie werden unsere Spur wiederfinden. Du musst dich beeilen.«
»Und ...« Sonjas Stimme gehorchte ihr nicht, sie räusperte sich und setzte neu an. »Und was ist mit dir?«
»Mach dir um mich keine Gedanken.«
»Doch! Vielleicht kann ich helfen, vielleicht gibt es irgendwelche Kräuter –« Kräuter, die gebrochene Knochen heilen konnten? Nicht einmal in Parva gab es so etwas. Sie brauchte ein Einhorn, das mit der Berührung seines Horns heilen konnte. Aber sie hatte Nachtfrost verloren. Und wie um alles in der Welt konnte man einen Schatten heilen?

»Der Kristall«, wisperte er. »Den du gefunden hast. Dort … werde ich sein.«
Sonja verstand gar nichts. »Wie – was – in dem Zelt?«
Ein geisterhaftes Lächeln huschte über sein Elfengesicht. »Im Kristall. Dort … sind wir alle. Du trägst ein ganzes Volk in deiner Hosentasche spazieren, Seelen…tauscherin.« Er lachte, hustete wieder, und ein dünner Blutfaden lief aus seinem Mund. »Geh jetzt«, wisperte er. »Warne die Elarim. Du findest sie ein Stück nördlich von hier, an einer Quelle. Du kannst sie nicht verfehlen. Beeil dich – die Suchtrupps sind nur zwei Tage hinter uns.«
»Ich lasse dich nicht allein«, sagte sie, auch wenn ihre Hände jetzt eiskalt geworden waren.
»Geh schon«, sagte er und lächelte wieder, aber seine Augen blickten an ihr vorbei. »Ich werde nicht allein sein. Ich bin jetzt frei.« Sein Blick wurde starr, und unter ihren Händen löste sich sein Körper in reines Licht auf und verschwand. Nur sein Umhang blieb zurück – als ein letztes Geschenk.
Eine ganze Weile saß Sonja nur da und konnte es nicht glauben. Schatten und Licht, Verrat und Verlust, und alles viel zu schnell. Sie hatte glauben wollen, dass Haelfas ihr aus Freundlichkeit half. Stattdessen hatte er eine ganze Horde Suchtrupps hinter ihnen hergezogen. Sie hatten von Anfang an gewusst, dass er Sonja bei sich hatte. Und jetzt waren sie nur noch zwei Tage hinter ihr und suchten nach ihr, damit sie sie zu den Elarim und Tesca führte.
Und Haelfas war jetzt in ihrem Kristall, den sie schon fast vergessen hatte? Sie zog ihn aus der Tasche und schaute hinein, aber sie konnte keine Schatten darin erkennen, nur Lichtfunken, als die Sonnenstrahlen sich an den Kanten brachen. Am liebsten hätte sie den Stein weggeworfen.

Aber dann dachte sie daran, dass der Spürer Haelfas zu seinem Verrat gezwungen hatte. Und am Ende war er ihm entkommen. *Ich habe sie in die Irre geführt … Du findest deine Freunde ein Stück nördlich von hier, an einer Quelle.*
Wenn das stimmte, konnte sie sie vielleicht wirklich noch warnen. Und dann war der Verrat vielleicht nicht ganz so schlimm. Sie stand auf, schob den Stein wieder in die Hosentasche, legte sich den Umhang um und machte sich auf den Weg nach Norden. Die Tränen wischte sie ab.

Die folgende Nacht war die einsamste, die Sonja je verbracht hatte. Den ganzen Tag über war sie zwischen dem Waldrand und den Bergen nach Norden gewandert, und wann immer sie eine Pause einlegen wollte, zwang sie sich, weiterzugehen. Erst am Abend kletterte sie ein Stück hinauf in die Berge und suchte sich eine versteckte, windgeschützte Mulde, in der sie schlafen konnte. Sie wickelte sich in den Umhang und rollte sich zusammen. An Hunger und Durst war sie mittlerweile so sehr gewöhnt, dass sie kaum mehr darüber nachdachte. Eine Weile schaute sie nach oben in den fremden Sternenhimmel. Haelfas hatte ihr Geschichten über die Sterne erzählt … sie vergrub ihre Nase in den Umhang und fragte sich, wieso ein Schatten aussehen, reden, essen, schlafen, bluten und riechen konnte wie ein Mensch und doch in seinem Inneren nur Dunkelheit hatte. Sie würde Ganna fragen. Sie war ganz sicher, dass Haelfas ihr am Schluss die Wahrheit gesagt hatte – aber vielleicht hatte er ihr noch ein paar Kleinigkeiten verschwiegen. Blödmann, dachte sie und weinte sich in den Schlaf.

Das Geräusch von Hufen auf Geröll ganz in der Nähe weckte sie auf. Der Suchtrupp! Einen Moment lang lag sie wie erstarrt da, die Augen noch geschlossen, und ihr Herz klopfte bis zum Hals. Dann schlug sie die Augen auf, machte sich in ihrer Mulde so klein wie möglich und tastete nach ihrem Messer. Es war heller Tag, die Sonne schien vom blauen Himmel, und selbst in ihrem braunen Umhang musste sie deutlich zu sehen sein. Sie hatte keine Chance, aber wenigstens würde sie sich wehren.

Dann hörte sie eine Stimme.

»Okay, aber wo? Ich sehe überhaupt nichts außer blöden Steinen!«

Eine Mädchenstimme, so vertraut, dass es wehtat.

Ein Schnauben antwortete ihr, und dieses Schnauben hätte Sonja unter Millionen wiedererkannt. Aber es konnte nicht sein. Es war unmöglich. Sie hatte *gesehen* –

Sie richtete sich auf. Stumm und fassungslos.

Keine zehn Meter von ihr entfernt saß Melanie auf Beyashs Rücken und blickte sich stirnrunzelnd um. Und neben ihr stand Nachtfrost, der Sonja anschaute. Ohne einen Zweifel, ohne Überraschung, als hätte er ganz genau gewusst, wann und wo sie wie ein wildes, zerzaustes Erdmännchen aus einer Grube auftauchen würde.

»Nachtfrost«, hauchte sie.

Melanie drehte sich um und starrte sie an. Zuerst schien sie sie gar nicht zu erkennen. Dann kreischte sie: »Sonja!« Beyash scheute, aber sie achtete gar nicht darauf, rutschte von seinem Rücken und rannte auf Sonja zu.

Sonja war acht Tage lang mit einem Schatten durch menschenleeres Land gewandert und hatte sich vor allem versteckt, was lebendig aussah. Unwillkürlich wich sie zurück. Melanie merkte es nicht und fiel ihr um den Hals. »Sonja! Mensch, bin ich froh, dich zu sehen! Du hast keine Ahnung, was zu Hause passiert ist!«

Ihre Stimme war grell, laut, fremd – Sonja schüttelte benommen den Kopf. Das war Melanie! Ihre beste Freundin! Warum fühlte sie sich wie ein wildes Tier, das plötzlich in eine Falle geraten war? Warum musste sie den Drang unterdrücken, wegzulaufen und sich wieder zu verstecken?
*Du warst zu lange allein*, hörte sie Nachtfrosts Stimme in ihrem Kopf, und sie merkte, dass ihr schon wieder die Tränen über die Wangen liefen. Melanie ließ sie los, und sie ging auf Nachtfrost zu, wie im Traum. Aber es war kein Traum. Er trottete zu ihr hin, und sie schlang die Arme um seinen Hals und vergrub das Gesicht in seinem Fell.
Irgendwo hinter ihr redete Melanie unablässig drauflos. »... und du kannst dir nicht vorstellen, wie lange wir nach dir gesucht haben, stundenlang, obwohl Nachtfrost gesagt hat, er wüsste, wo du bist, aber dann flog irgendein Vieh über uns weg, und Beyash scheute und ...«
Sonja hörte ihr nicht wirklich zu, aber sie tauchte in den Wortschwall ein wie in ein heißes Bad. Es war einfach nur schön, dazustehen und Nachtfrost zu umarmen und zu wissen, dass alles wieder gut werden konnte, auch wenn man gerade acht Tage in einem Albtraum gelebt hatte.
Sie löste einen Arm von Nachtfrosts Hals und streckte die Hand nach Melanie aus, und als die Freundin zu ihr kam, zog sie sie in die Umarmung hinein. Jetzt fehlte eigentlich nur Beyash, aber der Rotfuchs war mehr daran interessiert, das spärliche Gras am Abhang aufzufressen.
»Alles okay?«, fragte Melanie, die endlich zu merken schien, wie still Sonja war.
Sonja nickte. »Ich habe ...« Ihre Stimme war heiser, und sie versuchte es noch mal. »Ich habe euch so vermisst –«
»Wir dich auch«, sagte Melanie und strahlte sie an. »Hast du eigentlich Hunger?«

Sonja überlegte. Ja, natürlich hatte sie Hunger. Sie hatte immer Hunger, aber das hatte nichts zu bedeuten. »Ich glaube schon. Aber –« Plötzlich war alles wieder da. Haelfas. Der Spürer. Die Suchtrupps. »Wir müssen sofort weg von hier!« Sie schaute zu Nachtfrost hoch und war plötzlich nicht sicher, was sie tun sollte. Würde er sie überhaupt tragen wollen? Sie waren so lange getrennt gewesen ...

Aber er schnaubte und drehte sich mit seiner ganzen Breitseite zu ihr hin und drängte ihr förmlich seinen Körper entgegen, sodass auch die dümmste Sonja irgendwann begreifen musste, was er ihr sagte: Er liebte sie, er hatte sie vermisst, und er wollte mit ihr zusammen durch Parva galoppieren, und zwar sofort.

Also schwang sie sich auf seinen Rücken, und als sie oben saß, war es, als seien sie niemals getrennt gewesen. Melanie fing Beyash ein und stieg ebenfalls auf. »Wohin?«

Sonja blickte zu den grauen Bergen zurück, die sie so mühsam zu Fuß durchquert hatte. Jetzt, auf dem Rücken ihres Einhorns, fühlte sie sich, als könnte sie fliegen. Aber sie wusste, dass sie diese Wanderung und den Schatten niemals vergessen würde. Leb wohl, dachte sie, obwohl sie Haelfas ja streng genommen nicht wirklich zurückließ – nicht, wenn er oder seine Seele oder was auch immer sich tatsächlich in dem Kristall befand, der so unspektakulär in ihrer Hosentasche steckte. Und auch das, was er ihr beigebracht hatte, nahm sie mit. Aber die Wanderung selbst, die Bitterkeit, Angst und Trauer ließ sie zurück. Jetzt gab es nur noch ein Ziel: sie musste ihre Freunde warnen, bevor die Suchtrupps kamen. Entschlossen wandte sie sich von den Bergen ab. »Nach Norden.«

# Die Flüchtlinge

Wie ein Sturmwind jagten sie dahin, endlich nur Sonja und Melanie mit ihren geliebten Pferden, wie es vor langer Zeit mit Micky und Bjarni gewesen war. Damals, auf dem Rücken der zottigen Isländer, hatten sie von edlen Rössern und Abenteuern geträumt; jetzt war das Abenteuer Wirklichkeit, und sie ritten auf den edelsten Tieren, die man sich überhaupt vorstellen konnte. Sie hätten ewig so weiterreiten können, aber Nachtfrost und Beyash legten die Strecke bis zur Quelle des Flusses in weniger als einer Stunde zurück. Sie bahnten sich einen Weg über Geröll und durch Gestrüpp, und plötzlich befanden sie sich vor einer riesigen Höhle, in deren hinteren Teil Tageslicht einfiel, und dort standen die braunen Kuppelzelte der Elarim.

Auf einmal hielt Nachtfrost an, und unmittelbar darauf schrie eine helle Stimme rechts über ihnen: »Keinen Schritt weiter!«

Sie zuckten zusammen, und Melanie hielt Beyash an. Sie schauten nach oben und entdeckten ein grau-braunes Mädchengesicht, das aus einer Nische im Fels vier Meter über dem Boden zu ihnen hinuntersah.

»Elri?«, rief Sonja verwirrt. »Erkennst du uns nicht? Wir sind es doch, Sonja und –«

Ungeduldig schnitt Elri ihr das Wort ab. »So blöd bin ich nicht, dass ich meine besten Freundinnen nicht erkenne! Aber wir haben Fallen in den Boden gegraben. Wenn ihr einfach weiterreitet, fallt ihr rein!«

Erschrocken schauten sie auf den Boden vor sich. Er sah ganz fest aus.

»Nachtfrost hätte euch natürlich gewarnt.« Die Jungenstimme kam von links oben, ebenfalls aus einer Nische, und gleich darauf beugte sich Elris Bruder Lorin nach vorne und grinste aus seinem vernarbten Gesicht zu ihnen hinab. »Aber so machte es mehr Spaß. Schön, euch zu sehen! Willkommen, Taithar, hallo, Beyash. Melanie, am besten folgst du dem Taithar, er wird wissen, wo er auftreten kann.«

Sonja war ebenso glücklich, ihre Freunde wiederzusehen, aber das musste warten. »Wir haben keine Zeit«, rief sie. »Die Suchtrupps des Spürers sind hinter uns her. In zwei Tagen –«

*Anderthalb Tagen*, sagte Nachtfrost.

»– in anderthalb Tagen sind sie da. Also morgen Nachmittag. Und bestimmt mit Verstärkung. Ihr müsst hier weg!«

Lorin sog erschrocken die Luft ein. Elri zögerte keine Sekunde. Sie schwang sich aus ihrer steinernen Nische und sprang aus vier Metern Höhe auf den Boden. Leicht und geschmeidig kam sie auf. »Eins muss man euch lassen«, sagte sie, »mit euch wird es nie langweilig. Ich geb's weiter.« Sie legte die Hände zu einem Trichter um den Mund und stieß ein durchdringendes Wolfsheulen aus. Dann lief sie auf das Lager zu. »Kommt!«

Sonja blickte zu Lorin hoch. Jetzt erst begriff sie, wie sehr sie ihn und sein vernarbtes Gesicht vermisst hatte. »Kommst du mit?«

»Reitet voraus«, antwortete er mit seinem sanften, schiefen Lächeln. »Ich folge euch.«

Sie zögerte, aber Nachtfrost setzte sich schon in Bewegung und trabte hinter Elri her, die die Neuigkeiten laut herausrief.

Im Nu war das ganze Lager auf den Beinen. Überall liefen Menschen und schwarze Wölfe zwischen den Zelten herum. Aber es war keine planlose Rennerei. Innerhalb kürzester Zeit sanken die ersten braunen Kuppelzelte in sich zusammen.

Sonja rutschte gerade von Nachtfrosts Rücken, als eine alte Frau aus einem der Zelte trat und auf sie zukam.

»Yeriye Sonja«, sagte sie lächelnd. »Und Melanie. Ich habe schon viel von dir gehört.« Sie verneigte sich vor Nachtfrost. »Taithar. Seid willkommen. Ihr habt eine schwere Zeit hinter euch.«

»Ganna!«, rief Sonja. »Ihr müsst euch beeilen! Der Spü–«

»Ich habe es gehört, Kind.« Ganna warf einen Blick auf das Chaos im Lager. »In einer Stunde sind wir unterwegs. Bis dahin lade ich euch in mein Zelt ein. Wir haben viel zu besprechen.«

»Ist Darian auch hier?« Sie reckte den Hals, konnte den blonden Prinzen von Parva aber nirgends entdecken.

»Nein«, sagte Ganna. »Ich werde euch alles erzählen. Kommt!«

Das große Zelt war nicht mehr so gemütlich wie damals im Winterlager. Nur ein paar Decken und Felle lagen auf dem Erdboden. Aber die Zeltwände hielten den Wind ab, und in der Mitte brannte ein Feuer, sodass Sonja sich nach acht Tagen und Nächten unter freiem Himmel plötzlich wie in der Sauna fühlte. Es war viel zu heiß! Und zu eng! Aber die anderen schienen es ganz angenehm zu finden. Einige Leute saßen um das Feuer, an die sie sich erinnerte; es waren die Jeravi, die Anführer der einzelnen Stämme der Elarim. Besonders an einen erinnerte sie sich gut: Marus, der bei ihrem ersten Treffen behauptet hatte, sie bringe Unglück. Dieses finstere Gesicht würde sie so schnell nicht

vergessen. Aber auch Elri und Lorin waren mit hereingekommen und zogen sie und Melanie zwischen sich auf eine dicke geflochtene Matte. Ganna setzte sich ihnen gegenüber und schaute sie lange und aufmerksam an. Sie schwieg so lange, dass Melanie unruhig wurde. Sonja fand das Schweigen eher angenehm, aber der klare, durchdringende Blick machte ihr ein wenig Angst.
Endlich nickte Ganna, als sei ihr durch das Betrachten der Mädchengesichter etwas klar geworden. »Wir alle sind durch eine dunkle Zeit gegangen«, sagte sie. »Als die Brücke zerbrach, zerbrach auch unsere Hoffnung. Was ist geschehen, Sonja?«
Sonja wollte sich nicht an diesen Tag erinnern, aber sie wusste, dass sie sich nicht darum drücken konnte. Also erzählte sie von der Schlucht, dem Nebel, den Ziegenmenschen, dem Heer und endlich auch von dem Dämon. Alle Anwesenden hörten ihr schweigend zu. Das Schweigen veränderte sich, als sie erzählte, wie sie ohne Nachtfrost in dem goldblühenden Tal aufgewacht und Haelfas begegnet war. Sie erzählte von den Wurzlern und dem Flussgeist und der langen Wanderung durch die Berge. Aber etwas ließ sie aus: mit keinem Wort erwähnte sie den Kristall in ihrer Hosentasche. Und sie sagte auch nicht, wie Haelfas gestorben war – nur, dass ein Drachenvogel ihn in die Tiefe gerissen hatte. Sie wusste selbst nicht, warum sie das verschwieg. Vielleicht, weil sie die Erinnerung an den Schatten und das Licht mit niemandem teilen wollte.
Als sie fertig war, beugte Melanie sich ein wenig vor. »Du warst acht Tage lang mit diesem Typ unterwegs?«, fragte sie ungläubig. »Aber bei uns waren das gerade mal zwei Tage!«
»Ihr wisst doch, dass unsere Zeiten unterschiedlich verlaufen«, sagte Ganna. »Melanie, was ist in eurer Welt

geschehen? Wahrscheinlich werden wir die Hälfte nicht verstehen können, aber erzähle es bitte trotzdem.«

Im Gegensatz zu Sonja erzählte Melanie recht gern. Sie holte weit aus und beschrieb mit Feuereifer, was passiert war, nachdem Nachtfrost den Dämon mit letzter Kraft über die Nebelbrücke gezerrt hatte. Selbst den Kampf, den sie ja selber nicht vollständig gesehen hatte, konnte sie dank Bens und Philipps Erklärungen ausführlich wiedergeben. Aber auch sie sparte etwas aus. Sie hielt es absolut nicht für nötig, Sonja zu erzählen, dass Nachtfrost, Ben und Philipp so gut wie tot gewesen waren. In ihrer Erzählung wachte Nachtfrost auf, sobald der Dämon verschwunden war, und heilte alle Verletzungen, einfach so.

»Ich fasse es nicht«, sagte Sonja. »Die ›Devils‹ haben euch geholfen?«

»Ja – verrückt, oder? Aber auch nicht verrückter als alles andere. Jedenfalls hat Ben mich dann mit Nachtfrost und dem Buch hier herübergeschickt. Wir haben euch stundenlang gesucht und sind dann über euch gefallen.«

»Mit Nachtfrost? Aber du kannst doch nicht über die –«

»Bin ich auch nicht. Ich bin durch den Spiegel gegangen und habe die ganze Zeit so fest an Nachtfrost gedacht, dass ich mit der Nase gegen seine Schulter gestoßen bin, als ich wieder rauskam.«

»Und wo bist du herausgekommen?«, fragte Ganna. »Aus welchem Spiegel?«

»Hm, aus gar keinem«, antwortete Melanie. »Das heißt, schon – irgendwie. Da war so ein Teich. Aber Nachtfrost hat mich getrocknet, und dann hat er Beyash gerufen, und dann sind wir losgeritten.«

Die Leute regten sich und murmelten; es klang ungläubig. Auch Ganna wirkte überrascht, aber sie sagte nur: »Ich wusste nicht, dass es auch mit natürlichen Spiegeln geht. Was war das für ein Buch, von dem ihr gesprochen habt?«

»Moment, ich hole es.« Melanie sprang auf. »Es ist in Beyashs Satteltasche. Bin gleich wieder da!«

Sie lief hinaus und kam gleich darauf mit dem Buch wieder, das sie mit beiden Händen gegen die Brust drückte. Vorsichtig legte sie es vor Ganna auf den Boden und hockte sich wieder zu Elri, Lorin und Sonja.

»Ben sagte, du wüsstest vielleicht, was das für ein Buch ist«, sagte Sonja zaghaft. »Er sagte, vielleicht steht dadrin, was wir tun müssen.«

Ganz sanft strich Ganna mit dem Finger über den ledernen Einband. »Ja«, antwortete sie mit ganz ferner, fremder Stimme. »Dies ist ein Buch aus Lyecenthe. Aber ich kann es nicht lesen. In unserer Zeit lebt niemand mehr, der das könnte.«

»Dann ist es nutzlos?« Eine Welt aus Enttäuschung und Ärger lag in Melanies Stimme, und Sonja fühlte sich ähnlich. »Aber Ben hat doch gesagt –«

»Vielleicht hat er sogar recht. Die Beobachter haben fast immer recht mit dem, was sie sagen oder tun.« Ganna seufzte. »Aber ich kenne die alten Schriftzeichen nicht. Ohne die Enat sind uns die Hände gebunden, und die Enat sind schon lange tot.«

»Was hätten wir denn mit den Enat zu schaffen?«, fragte Marus mit gerunzelter Stirn. »Sie waren verflucht, ein vom Glauben abgefallenes Volk –«

»Ich glaube, dass sie verzweifelt waren, Marus. So wie wir heute. Sie haben getan, was sie glaubten, tun zu müssen.«

»Wer waren denn die Enat?«, fragte Melanie. »Und was haben sie getan?«

Ganna zögerte. »Sie lebten in Chisiro, oben im Norden. Sie

entwickelten die Schrift und sandten Gelehrte nach Lyecenthe. Sie waren auch die Ersten, die gegen die Dämonen kämpften, aber sie verloren den Kampf. Um zu überleben, willigten sie in ein Bündnis mit den Nebelkönigen ein. Aber dieses Bündnis erwies sich als Fluch. Einer nach dem anderen starben sie, und Aruna verweigerte ihnen den Platz im Licht. So verwandelten sie sich in Schatten – Erinnerungen, die durch das Land streiften und nirgends Ruhe fanden. Sie sind das verlorene Volk.«

Ein eisiger Schauer kroch über Sonjas Rücken. »Schatten?«, wisperte sie.

Ganna nickte. »Aber das ist viele Jahrhunderte her. Ich glaube nicht, dass es heute noch irgendwo in Parva Schatten der Enat gibt.«

Ganz leise sagte Sonja: »Aber wenn Schatten sterben, verwandeln sie sich in Licht.« Sie blickte auf. »Ganna, was ist ein Schattenjäger?«

Unruhe kam auf. Ganna schaute Sonja scharf an. »Das ist nur eine sehr alte Legende. Wo hast du das Wort gehört?«

Sonja zögerte. »Haelfas –«

Da heulte draußen ein Wolf.

»Es ist so weit«, sagte Ganna und erhob sich. »Machen wir uns auf den Weg. Wir reden später, Sonja.«

Jetzt ging alles sehr schnell. Als die Letzten das Zelt verließen, zogen drei junge Frauen die Stützen weg, und es sank in sich zusammen. Alle anderen Zelte waren schon zu dicken Packen zusammengerollt und auf Schlitten gebunden worden, die von Sirinkim gezogen wurden. Es gab nur sehr wenige Ponys und überhaupt keine Birjaks, und als Sonja sich umschaute, sah sie, wie dünn und knochig die Elarim waren. Die dunklen Fellkleider schlotterten ihnen wie Säcke um den Körper. Kinder gab es überhaupt nicht.

Sie drehte sich zu Lorin um. »Wo sind denn eure Kinder?«
»In Sicherheit«, antwortete er. »Zumindest hoffen wir das. Wir haben sie weit fort geschickt – in die Stadt des Kleinen Volkes tief in den Bergen. Hier sind nur noch die, die kämpfen können.«
»Und die Birjaks?«
Er seufzte. »Wir haben sie verloren. Beim letzten Kampf geriet die Herde in Panik und rannte weg. Und wir rannten in die andere Richtung – mit den Soldaten des Spürers auf den Fersen. Wir haben uns nur hierher retten können, weil die Tesca uns zu Hilfe gekommen sind.«
»Und was habt ihr zu essen?«
»Reste. Ein paar Vorräte vom letzten Sommer. Und die Tesca helfen uns bei der Jagd. Aber selbst sie finden nicht mehr viel.« Er schaute sie an. »Du bist auch zu dünn. Und du ... hast dich verändert.« Instinktiv guckte Sonja an sich herunter, und Lorin lachte leise. »Nein, nicht da.« Er wurde wieder ernst. »Es ist in deinen Augen. Du hast etwas gesehen –«
»Sonja!«, rief Melanie, die schon auf Beyashs Rücken saß. »Lorin! Kommt schon!«
Leise und schnell sagte Sonja: »Reite mit mir auf Nachtfrost, ja? Ich muss mit dir reden.«
Seine Augen leuchteten auf. »Sonja, ich –«
»Nun kommt schon!«, rief Elri und verwandelte sich in eine magere schwarze Wölfin, die um Nachtfrost und Beyash herumsprang. Der Rotfuchs schnaubte und tänzelte auf der Stelle, das schwarze Einhorn stand gelassen wie ein Fels.
Hastig liefen sie zu Nachtfrost hin. Sonja schwang sich hoch und streckte Lorin die Hand hin. Aber er ergriff sie nicht sofort. Höflich sagte er zu Nachtfrost: »Sonja hat mich

eingeladen, auf deinem Rücken zu reiten, Taithar. Bist du einverstanden?«

Nachtfrosts Ohren zuckten. *Natürlich*, sagte er, senkte den Kopf und schnaubte.

Sonja beugte sich vor und streckte wieder die Hand aus. »Komm!«

»Danke«, sagte Lorin zu Nachtfrost, und erst danach fasste er nach Sonjas Hand und schwang sich hoch – mit leichter Unterstützung durch Nachtfrosts ›Aufsteigzauber‹. Als er sich zurechtsetzte und die Arme um Sonja legte, spürte sie ein ganz leichtes Flattern im Bauch. Das ist nur die Aufregung, dachte sie.

Wieder heulte einer der Wölfe. Und die Flucht begann.

Sie verließen die Höhle und folgten einem schmalen, steinigen Pfad hinauf in die Berge. Die meisten Leute gingen zu Fuß. Einige junge Männer und Frauen ritten auf den Ponys und den Sirinkim, und sie waren auch diejenigen mit den blank geschliffenen Speeren. Es gab nur wenige ältere Leute, die sich mühten, mit den anderen Schritt zu halten. Sonja zählte kaum sechzig Menschen und vierzig Wölfe, und Angst kroch in ihr hoch. Im Winterlager waren es bestimmt doppelt so viele gewesen. »Warum seid ihr so wenige?«, fragte sie Lorin bestürzt.

»Es ist Krieg«, sagte er wie selbstverständlich. »Wir haben drei große Schlachten hinter uns. Und einen harten Winter. Wir haben dich sehnsüchtig erwartet, Yeriye.«

»Sind denn die – die Alten Völker nicht gekommen?«

»Bisher nicht. Aber das braucht Zeit, und das haben wir auch vorher gewusst.«

Darauf wusste sie nichts zu sagen. Alles, was sie erreicht hatte, kam ihr plötzlich schal und bedeutungslos vor. Wie sollte sie einen Krieg beenden? Wie sollte sie den Spürer

besiegen, der sich mit den Dämonen verbündet hatte? Sie war nutzlos – so nutzlos wie das Buch, das Melanie völlig umsonst hierhergeschleppt hatte.
»Lorin«, fragte sie – leise, um nicht von den neben ihr wandernden Elarim gehört zu werden, »kennst du diese Legende von den Schattenjägern?«
»Dem Schattenjäger«, verbesserte er. »Es gibt nur einen. Als seine Leute sich in Schatten verwandelten, schwor er, sie zu befreien, indem er sie tötete. Sie verteilten sich über das ganze Land, einige flohen sogar ins Nebelmeer, aber er spürte sie alle auf und tötete einen nach dem anderen, bis nur noch er allein übrig blieb. Ihre Seelen band er in einen Kristall. Die Legende sagt, dass er noch immer durch Parva zieht und erst sterben kann, wenn er einen Weg findet, um die Seelen für immer zu befreien.«
Sonja stützte die Hände auf Nachtfrosts Widerrist und senkte den Kopf, um nachzudenken. Nachtfrost zuckte überrascht mit den Ohren; dies war eine unbequeme Art zu reiten. Sie löste die Hände wieder. »Lorin«, sagte sie ganz leise, ohne aufzublicken, sodass er etwas näher an sie heranrückte, um sie zu verstehen. »Haelfas sagte, er sei ein Schattenjäger. *Der* Schattenjäger. Und ich ... ich habe einen Kristall in meiner Hosentasche. Ich habe ihn gefunden. In einem uralten Zelt in diesem goldenen Tal.«
Er gab einen erstickten Laut von sich. »Darf ich ihn sehen?«
»Klar.« Sie griff in die Tasche und zog den Kristall heraus. Ohne sich umzudrehen, hielt sie ihn Lorin hin. Er nahm ihn vorsichtig entgegen.
»Da ist noch was«, sagte Sonja. »Als Haelfas starb, sagte er, er würde auch in den Kristall gehen, und verwandelte sich in Licht. Heißt das ... heißt das, sie sind jetzt frei?«
Lorin schwieg eine Weile. Offenbar musste er diese Neuig-

keiten erst einmal verdauen. Endlich sagte er: »Wenn die Legende wahr ist, heißt es nur, dass er einen Weg gefunden hat, um sie zu befreien.«

»Aber er hat gar nichts gemacht! Er hat mich nur durch die Berge gebracht, und dann hat der Drachenvogel ihn getötet! Das ist doch keine Lösung!«

»Vielleicht hat er etwas in dir gesehen, das ihm einen Weg gezeigt hat.«

»Ich wüsste nicht, was.« Verzweiflung stieg wie eine dunkle Woge in ihr auf. »Ich habe überhaupt nichts gemacht. Ich bin durch die Gegend gelaufen und hab Angst gehabt.«

»Du bist mit einer der ältesten Legenden von Parva durch die Gegend gelaufen. Und außerdem hast du mit Trollen, Hexen, Gnomen, dem Kleinen Volk, den Mayakó, Ziegenmenschen und Flussgeistern gesprochen und einer Schattenkatze das Leben gerettet. Du gehst durch alle Legenden unseres Landes, du ziehst die Magie an dich, du findest die mächtigen alten Zauberdinge einfach im Vorbeigehen. Das würde ich nicht als ›überhaupt nichts‹ bezeichnen.«

So wie er es sagte, klang es wirklich eindrucksvoll, aber ...

»Aber wie soll uns das helfen? Was nützt es, wenn ich durch die Gegend laufe und mit Leuten rede, während ihr um euer Leben kämpft?«

»Es ist nicht so einfach, mit all diesen Leuten zu reden. Ich habe zum Beispiel noch nie im Leben eine Fischfrau gesehen oder mit einem Flussgeist geredet. Sie halten sich vor uns verborgen – aber du stolperst geradezu über sie. Frag Ganna!« Sie schauten zu Ganna hin, die auf einem von zwei Sirinkim gezogenen Karren saß, in dem Buch blätterte und von ihrer Umgebung nichts mitbekam.

»Nachher«, sagte Sonja. Jetzt gerade wollte sie sich lieber mit Lorin unterhalten. Es war seltsam, mit ihm zu reden, während er hinter ihr saß und sie sein Gesicht nicht sah, nur seine Hände um ihre Taille spürte. Aber es war auch schön; es gab ihr ein Gefühl von Sicherheit und Vertrauen. Er gab ihr den Kristall zurück, und sie steckte ihn wieder in die Tasche.

»Wo ist denn nun eigentlich Darian?«, fragte sie.

»Er ist nach Chiarron geritten«, sagte Lorin. »Um seine Eltern zu finden. Das war vor sechs Wochen. Seitdem haben wir nichts mehr von ihm gehört.«

»Vor sechs Wochen? Wie weit ist es denn von hier bis Chiarron?«

»Ungefähr eine Woche.« Als sie sich anspannte, sagte er leise: »Ich weiß. Aber in der Ebene sind überall Söldner, sie haben sogar unser Winterlager besetzt. Vielleicht ist er außen um die Berge geritten, durch die Gebiete der Nepe und Teshante. Die Nepe sind unsere Verbündeten, doch die Teshante nicht ... aber sie sind seine Verwandten, und so hat er eine bessere Chance, Chiarron zu erreichen, als wenn er mitten durch Duntalye reitet.«

»Und wie lange würde das dauern?«

Lorin seufzte. »Zwei Wochen.«

»Ich hätte ihn schon längst gesucht«, sagte Elri, die sich wohl angeschlichen hatte und plötzlich in ihrer Menschengestalt neben Nachtfrost her ging. »Aber ich bin ja zur Wache eingeteilt. Rion will nicht mal auf räudige Welpen verzichten, wenn es um die Sicherheit des Lagers geht.«

»Ich dachte, du magst Darian nicht?«, sagte Lorin tückisch. »Hast du nicht mal gesagt, dass König Ghadan und Königin Aletheia nur verrückte Jeravi sind, die sich in einem steinernen Haus einschließen und von den freien Stämmen Tribut fordern? Und Darian ist immerhin ihr Sohn.«

Elri wurde dunkelrot. »Sag das noch mal, wenn du nicht

hinter Sonja sitzt und sie umarmst! Dir geht's doch auch nicht besser als mir!« Wütend verwandelte sie sich wieder und rannte den Weg hinauf an den Flüchtlingen vorbei.
Lorin sagte gar nichts. Sonja auch nicht. Nachtfrost ebenso wenig; er trottete nur munter vor sich hin und schnaubte ab und zu vergnügt. Sonja schielte zu Melanie hin, die schräg vor ihr ritt, und selbst aus dieser Position konnte sie das breite Grinsen auf dem Gesicht ihrer Freundin sehen.
Fühlte sich Verliebtsein so an? Ein Flattern aus Angst und Freude und Zuneigung und Hoffnung, die alle nicht wussten, wo sie sich niederlassen sollten? Sie wusste schon lange, dass sie Lorin sehr gern mochte, aber war das schon Liebe? Mit so etwas kannte sie sich noch nicht aus, und irgendwie hatte sie immer gedacht, sie müsste sich zuerst hoffnungslos und schwärmerisch in einen Popstar verknallen, dessen Poster dann sofort alle Pferdebilder in ihrem Zimmer ersetzen würden. Im Reitstall Kochmann gab es das – manche Mädchen tauchten einfach von einem Tag zum nächsten nicht mehr auf, und es hieß einfach: »Die hat jetzt einen Freund«, als sei es selbstverständlich, dass man dann sofort aufhörte, Pferde zu lieben. Sonja hatte das nie verstanden. Sie liebte Pferde, und vor allem liebte sie Nachtfrost, aber Lorin hatte seinen ganz eigenen Platz. Und irgendwie konnte sie sich nicht vorstellen, dass er darauf bestehen würde, dass sie Poster von ihm in ihrem Zimmer aufhängte und die Pferde vergaß.
Er hatte sie losgelassen und berührte sie jetzt kaum noch; sie spürte nur noch seine Körperwärme hinter ihr. »Halt dich gefälligst wieder fest«, sagte sie, »sonst fällst du noch runter!«
Sehr leise murmelte er: »Vielleicht steige ich besser ab.«
»Warum?«, gab sie genauso leise zurück.

»Weil ... weil du vielleicht nicht willst, dass ... also ...«
»Warum sollte ich das nicht wollen?«
»Weil ich so hässlich bin.«
Jetzt drehte sie sich halb zu ihm um. Es stimmte, besonders gut sah er nicht aus. Die dicken Narben in seinem Gesicht waren wirklich hässlich – wenn man nur sie sah und nichts anderes, zum Beispiel seine hellgrünen Augen, seine hübsche gerade Nase oder seinen Mund. Aber all das war eigentlich egal; sie wusste nur, wie sehr sie ihn mochte, weil er einfach so war, wie er war – mit Narben und allem. Unsicher schaute er sie an.
Sonja holte tief Luft, drehte sich wieder nach vorne, griff nach rechts und links, zog Lorins Hände zu sich und legte sie sich um den Körper. »Du bist kein bisschen hässlich«, sagte sie entschieden.
Lorin gab einen seltsamen kleinen Laut von sich und umarmte sie. Fest.
»Und so wandeln wir den alten Spruch ›Willst du mit mir gehen?‹ einfach in ›Willst du mit mir reiten?‹ um«, sagte Melanie mit dem breitesten Grinsen der Welt.
»Und das auch noch vor Publikum«, sagte Sonja und grinste zurück.

Immer weiter folgten die Flüchtlinge dem gewundenen Pfad in die Berge. Es war kein einfacher Weg. Viele Stellen waren von Geröll verschüttet oder vom Schmelzwasser im Frühling einfach weggespült worden. Immer wieder wurde der Zug aufgehalten, weil ein Schlitten wegrutschte und sich zwischen Erde und Steinen verkeilte und mühsam herausgezogen werden musste. Nachtfrost, der viel stärker war als die Pferde und Sirinkim, half dabei und ließ sich willig anspannen, um die Schlitten herauszuziehen.

»Wo gehen wir eigentlich hin?«, fragte Sonja einen jungen Mann, der Nachtfrost die Riemen umlegte.
Er blickte zu ihr hoch. »Wenn wir es schaffen, dann zur Stadt des Kleinen Volkes. Wenn nicht, dann in den Tod.«
Sie erschauerte. »Wie weit ist es denn?«
»Fünf Tagesreisen von hier – wenn wir die alten Leute und die Schwachen zurücklassen. Was wir nicht tun werden – schließlich fliehen wir nur ihretwegen.« Er schlang den letzten Riemen um Nachtfrosts breite Brust, knotete ihn fest und trat zurück. »Fertig, Taithar.«
Nachtfrost senkte den Kopf, spannte die Muskeln an und zog. Der Schlitten zitterte und ächzte und löste sich endlich mit einem lauten Knirschen aus dem Geröll. Nachtfrost schritt vorwärts und zog ihn ganz aus der Mulde heraus. Der junge Mann dankte ihm, löste rasch die Riemen und machte sich daran, die verrutschte Ladung des Schlittens wieder festzubinden, ohne Sonja noch einmal anzusehen.
Kurz darauf ging es weiter, aber Sonjas Glückgefühl war verschwunden. Sie erinnerte sich, wie schrecklich anstrengend es zu Beginn ihrer Wanderung mit Haelfas für sie gewesen war, die Berge hinaufzuklettern. Für die alten Leute war es bestimmt noch schlimmer, obwohl sie viel abgehärteter waren als sie selbst. Auch Ganna, die ihren Platz auf dem Karren einer noch älteren Frau überlassen hatte, wurde immer langsamer. Und die Söldner des Spürers ritten alle auf Pferden und konnten die Strecke bergauf mühelos galoppieren.
*Sie sind nicht mehr weit hinter uns*, sagte Nachtfrost in ihrem Kopf. *Und vor uns sind sie auch.*
Sie zuckte heftig zusammen. »Vor uns auch?«
»Auf der Handelsstraße«, sagte Lorin. »Wir müssen hinüber.«

Ihr war plötzlich ganz kalt. »Wusstet ihr das?«

»Deshalb sind doch die Tesca noch hier, statt in der Ebene zu kämpfen. Sie werden uns hinüberbringen.«

Sonja schaute zu den schwarzen Wölfen hin, die wie übergroße Hunde zwischen den Menschen liefen. Einer dieser Wölfe war ihre zweitbeste Freundin. »Auch – auch Elri? Wird sie mitkämpfen?«

»Ja, natürlich.« Eine Spur von Stolz lag in Lorins Stimme, und Sonja begriff, wie wenig sie von diesen Menschen wusste. Sie hatte sie gern, sie waren ihre Freunde – aber wirklich verstehen konnte sie sie nicht. Sie schaute zu Melanie hin, aber die zuckte nur hilflos mit den Schultern.

*Sprich mit Ganna,* sagte Nachtfrost.

Die Gelegenheit bot sich, als die Flüchtlinge wieder einmal von einem weggerutschten und verkeilten Schlitten aufgehalten wurden. Diesmal befahl Ganna, die Sirinkim loszuschirren und den Schlitten zurückzulassen. »Es hat keinen Sinn«, sagte sie. »Wenn wir alle tot sind, nützen uns unsere Habseligkeiten auch nichts mehr. Ja, Sonja, was ist?«

»Kann ich mit dir reden?«

»Natürlich.«

Sonja schwang ein Bein über Nachtfrosts Hals und glitt auf den Boden. Lorin zögerte, dann rutschte er nach vorne. Sie vermutete, dass Nachtfrost ihm gesagt hatte, er könne oben bleiben.

Die beiden Sirinkim waren jetzt losgeschirrt, und zwei der älteren Leute kletterten auf ihren Rücken. Die ganze Gruppe aus Menschen, Tieren und Gestaltwandlern setzte sich wieder in Bewegung. Ganna ging neben Sonja her. Sie sah sehr alt und müde aus, aber ihre Stimme klang freundlich wie immer. »Was kann ich für dich tun, Sonja?«

»Es ist nur – ich wollte dir etwas erzählen. Über Haelfas.

Und – und das hier.« Sie zog den Kristall aus der Hosentasche und hielt ihn der alten Frau hin.
Ganna holte scharf Luft. »Woher hast du das?«
Sonja erzählte es ihr. Und diesmal erzählte sie alles, was Haelfas dazu gesagt hatte. Und auch, wie er gestorben war.
Als sie fertig war, schwieg Ganna lange. Endlich sagte sie: »Aber wenn Schatten sterben, verwandeln sie sich in Licht. Das hast du also gemeint.«
Sonja nickte.
»Der Schattenjäger«, murmelte Ganna. »Weißt du, es ist seltsam, wie die alten Legenden sich um dich sammeln. Auch den Wolfsgott haben wir früher nur für eine Legende gehalten, bis du die Zerbrochene Stadt gefunden hast.«
»Nicht nur ich! Lorin und Melanie und Elri und Darian waren auch dabei!«
»Ich weiß. Aber was ich meine, ist, dass ich diese alten Geschichten zu lange zu wenig beachtet habe ...«
»Können sie uns denn helfen? Sie sind doch alle tot – der Wolfsgott, die Enat, Haelfas –«
»Ja, sie sind tot. Aber sie sind alle noch da. Ihr Wissen, ihre Erinnerungen, ihre Macht ... all das ist bewahrt worden. In der Erde, im Stein, in Amuletten, Büchern und Kristallen. In dieser Welt geht nichts verloren, alles ist geborgen. Darf ich?« Sie nahm Sonja behutsam den Kristall aus der Hand. »Ich glaube, Haelfas konnte sterben, weil du diesen Kristall gefunden hast. Er hat einen Weg gefunden, sein Volk zu befreien. Dieser Weg bist du.«
»Ich? Ich konnte doch noch nicht mal das Amulett ordentlich abgeben! Ich kann das alles nicht!«
»Vielleicht ist es ganz gut, dass du es noch nicht abgegeben hast. Und wer hat je gesagt, dass es einfach werden würde?«
»Aber ich weiß doch nicht, was ich tun soll!«

»Asarié suchte die Macht des Wolfsgottes, um sie für sich selbst zu nutzen«, sagte Ganna, als hätte sie ihr gar nicht zugehört. »Der Spürer sucht sie ebenfalls – um sie zu vernichten.« Sie schwieg wieder und ging eine Weile nachdenklich neben Sonja her. Lorin und Melanie folgten ihr auf Nachtfrost und Beyash und hörten zu, und zwischen ihnen trabte die schwarze Wölfin Elri. »Asarié suchte sie in der Zerbrochenen Stadt. Das Buch muss ihr einen Hinweis gegeben haben ... also muss es auch uns einen Hinweis geben können. Dafür brauchen wir die Enat.« Sie blieb stehen und wandte sich Sonja zu. Sonja hielt an und schaute unsicher zu ihr hoch. Sie war ziemlich sicher, dass sie nicht hören wollte, was die Anführerin der Elarim ihr sagen würde. Und als die alte Frau es tatsächlich sagte, war Sonja ganz sicher, dass sie es nicht hören wollte.

»Sonja, bisher bist du vor dem Spürer weggelaufen«, sagte Ganna. »Aber diesmal musst du dich ihm stellen. Sonst haben wir keine Hoffnung, die Nebeldämonen aus Parva vertreiben zu können. Und das bedeutet, dass du den Wolfsgott finden und seine Macht wiederwecken musst.«

Sonja wurde es eiskalt vor Furcht. »Aber er ist doch tot!«

»Hast du mir nicht zugehört? Ich weiß nicht, wie es in eurer Welt zugeht, aber hier ist der Tod nur eine Grenze, die man überschreitet. Kein Ende. Irgendwo in dieser Welt – und vergiss nicht, dass die Welt selber eine lebendige Göttin ist und dich erwählt hat! –,irgendwo hier in Parva ist die Macht des Wolfsgottes gebunden. Die Enat können dir sagen, wo. Geh in den Kristall, geh in ihre Erinnerungen und lies das Buch. Und dann komm zurück.«

»Ist ja auch ganz einfach«, sagte Melanie spöttisch. »Geh in den Kristall! Wie soll sie das bitte schön machen?«

Ganna lächelte, schaute aber weiter Sonja an. »Du weißt,

wie du in die Erinnerungen des Landes reisen kannst, *Yeriye* Sonja.«
Sonja nickte. Sie hatte es schon einmal getan – damals, als die Erdgnome sie angegriffen und fast getötet hatten. »Nachtfrost kann es«, sagte sie leise. Vor dieser Reise hatte sie keine Angst. Angst hatte sie vor der anderen Aufgabe – sich dem Spürer zu stellen. Bei dem bloßen Gedanken daran wurde ihr schlecht, und sie hatte das Gefühl, kopfüber in den Wurmdämon zu stürzen, der Nachtfrost gefressen hatte. »Du ... du glaubst wirklich, dass euch das retten kann?«
»Ja«, erwiderte Ganna. »Und nicht nur uns, sondern das ganze Land.«
Nachtfrost berührte Sonjas Schulter mit dem Maul. Sie streichelte ihn und kämpfte gegen die Übelkeit an. Sie war nicht allein. Ihre Freunde waren bei ihr. Und Nachtfrost.
*Immer*, sagte er.
Sie holte tief Luft. »Ich mache es.«
»Wir machen es«, sagten Lorin und Melanie mit Nachdruck. Und Elri stieß ein kurzes Wolfsbellen aus.

# Das Buch der Enat

»Und *wie* machen wir es nun?«, fragte Melanie. »Setzen wir uns alle auf Nachtfrosts Rücken und galoppieren los?«
Sie hatten sich von den Flüchtlingen getrennt und waren einen Abhang hinuntergeklettert, bis sie außer Sichtweite waren. Jetzt hockten sie unter einem Felsüberhang. Nachtfrost und Beyash standen dicht bei ihnen; allerdings war Beyash mehr an ein paar struppigen Dornsträuchern interessiert als an der Unterhaltung.
*Ich kann nur zwei in dieses Land tragen,* sagte Nachtfrost, sodass sie es alle hörten.
Ratlos schauten sie einander an.
»Das ist schon in Ordnung«, sagte Elri, die sich wieder zurückverwandelt hatte. »Diejenigen, die gehen, lassen nämlich ihre Körper zurück. Und jemand muss sie bewachen. Das mache ich; ich bin die beste Kämpferin von uns vieren. Und außerdem sind diese Zauberreisen nichts für mich.«
»Ich möchte mitkommen«, sagte Melanie.
*Du kannst nicht gehen,* sagte Nachtfrost sanft und unerbittlich. *Du bist die Brückenwächterin. Auch dies ist eine Brücke.*
Melanie seufzte tief. »Schon klar. Ich weiß. Ich hab's mir einfach selbst versaut.«
»Na komm«, meinte Elri fröhlich, »so schlimm ist es nun auch nicht, mit mir hierzubleiben. Du kannst mir was über eure verrückte Welt erzählen.«
Melanie verzog das Gesicht, aber dann nickte sie und

drückte Lorin das Buch in die Hand. »Hier. Viel Spaß. Und pass gefälligst auf meine beste Freundin auf, klar?«

»Mit meinem Leben«, sagte Lorin. Es klang etwas komisch, aber irgendwie auch nicht, und Melanie nickte nachdrücklich. »Das will ich dir auch geraten haben. Also hopp, los mit euch.«

Etwas ratlos schaute Sonja sich zu Lorin um. »Ja – und wie machen wir es?«

*Legt euch hin,* sagte Nachtfrost. *Jeder von euch hält ein Ende des Kristalls fest.*

Sie legten sich auf den Rücken, aber das war unbequem, und nach einigem Hin und Her lagen sie auf der Seite, die Gesichter einander zugewandt, zwei Hände auf dem Kristall, so nahe, dass sie einander berührten. Mit seiner freien Hand hielt Lorin das Buch fest. Sonja schaute in seine grünen Augen, er erwiderte den Blick und lächelte.

*Macht die Augen zu,* sagte Nachtfrost, und sie gehorchten.

Licht hüllte sie ein.

Es war kein blaues Licht wie bei Sonjas erster Reise in die Welt der Erinnerungen, sondern weiß und golden wie das Glitzern eines Tautropfens an einem Sommermorgen. Sie saßen auf dem Rücken des schwarzen Einhorns, das durch eine Welt aus Kristall galoppierte. Der Boden war glasklar und durchsichtig, mit Kristallen wie mit Felsen durchsetzt, und darunter war immer noch mehr Kristall, tausendfach geschliffen bis in eine unendliche Tiefe. Auch der Himmel über ihnen war Kristall, und das Licht lag wie geronnen auf den glatten Flächen, die sich kreuzten und miteinander verschmolzen und hinter dem Horizont verschwanden.

Was es nicht gab, waren Schatten.

Das Licht ließ keinen Raum für Schatten. Es kam von allen

Seiten, füllte jede Ecke und jeden Winkel aus, und jeder Kristall spiegelte das Licht tausendfach wider. Es war eine ganze Welt aus Licht.
»Und so etwas«, sagte Sonja, »habe ich in meiner Hosentasche mit mir rumgetragen.«
Ihre Stimme warf kein Echo, es war, als würde sie vom Licht aufgesogen. Auch Nachtfrosts Hufe klangen nur gedämpft auf dem Stein, statt wie auf Glas zu klirren. Unermüdlich galoppierte er dahin, und sein Bild spiegelte sich flüchtig in den Kristallen, durchsichtig und farblos wie in Glas.
Als er anhielt, schien es, als hätte er sich keinen Schritt vorwärtsbewegt. Nichts hatte sich geändert, die Kristallwelt sah hier genauso aus wie an der Stelle, an der sie sie betreten hatten. Nur in der Ferne bewegte sich etwas wie weiße Schwaden oder Schlieren im Glas.
Ein wenig nervös schauten sie sich um. »Hier sind keine Schatten«, sagte Sonja, aber unwillkürlich sprach sie leise.
Nachtfrost stampfte einmal mit dem Huf auf. Anders als zuvor klang diesmal ein gewaltiger Ton durch den Kristall, wie von einer riesigen Glocke. Er hallte und hallte und rollte davon und kehrte wieder, und es dauerte lange, bis er endlich erstarb.
Dann warteten sie wieder.
»Da«, sagte Lorin plötzlich und zeigte an Sonja vorbei nach vorne.
Die weißen Schwaden kamen näher. Sie schienen über den Boden zu schweben, und Sonja kniff die Augen zusammen und spähte so lange angestrengt nach vorne, bis die Ersten nahe genug herankamen und sie erkannte, dass es keine Schwaden waren, sondern Menschen aus Kristall. Sie kamen immer näher, und es waren hunderte. Aus allen Kristallen lösten sie sich, durchsichtige Männer, Frauen

und Kinder in gläsernen Kleidern und mit gläsernen Haaren. Ihre Ohren liefen spitz zu, ihre Augen standen schräg. Aber plötzlich ging es wie ein Windstoß durch sie, und sie lösten sich auf. Nur ein einziger Mann blieb übrig. Er kam auf Sonja, Nachtfrost und Lorin zu, blieb stehen und lächelte zu Sonja hoch. Es war schwierig, ihn anzuschauen, weil seine Gestalt ständig zu zerfließen und sich neu zu formen schien. Aber als er sprach, erkannte sie ihn sofort.

»Ich wusste, dass du kommen würdest«, sagte er, und seine Stimme klang genauso menschlich wie in den acht Tagen ihrer gemeinsamen Wanderung.

»Haelfas!«

Der ehemalige Schattenjäger nickte. »Du hast ein weiteres Altes Volk gefunden, und wir sind bereit, dir zu helfen. Was verlangst du von uns?«

Eigentlich hätte sie ihn lieber gefragt, wie es ihm ging, aber nun wagte sie es doch nicht. »Wir ... wir haben hier ein Buch. Aber wir können es nicht lesen. Könnt ihr uns dabei helfen?« Es war eine etwas dürftige Frage – ob sie vielleicht noch dranhängen sollte, dass sie dieses Buch im Krieg gegen die Dämonen brauchten? Aber Haelfas nickte und streckte die Hand nach dem Buch aus. Lorin hielt es ihm hin. Er nahm es und schlug es auf. Leicht strich er mit der Hand über die Seiten. »Die Erinnerungen der Enat kehren zurück«, sagte er; es klang wie eine Beschwörung. »Das Verborgene erwacht. Welchen Preis seid ihr bereit zu zahlen?«

»Jeden«, sagte Lorin sofort. Sonja zögerte noch. Haelfas wandte sein gläsernes Gesicht Lorin zu und nickte, dann schaute er Sonja an. Sie nickte. Dieses Versprechen kam ihr nicht ganz geheuer vor. Jeden Preis? Wirklich jeden? Es gab so viel, das sie nicht verlieren wollte ...

»Ich gebe euch die Erinnerungen«, sagte Haelfas. »Der Preis ist der Kristall. Wenn ihr unsere Welt verlassen habt, gibst du deinem Gefährten den Kristall.« Sein Blick hielt Sonjas fest, und sie wusste nicht, was sie antworten sollte. Sie hing nicht an dem Kristall, und ganz bestimmt würde sie ihn gerne an Lorin weitergeben, aber war das wirklich der Preis für das uralte Wissen? Da musste doch ein Haken sein – aber sie nickte wieder. Sie hatte Schlimmeres befürchtet.

»Mein Volk dankt euch.« Haelfas legte das Buch vor sich auf den Boden. »Lebt wohl.« Und noch bevor sie etwas sagen konnten, hatte er sich in Luft aufgelöst.

»War der auch so wortkarg, als du mit ihm gewandert bist?«, fragte Lorin.

Sie schüttelte den Kopf. »Da hat er mir Geschichten erzählt.« Dann schwang sie das Bein über Nachtfrosts Hals und rutschte auf den Boden. Lorin folgte ihr. Nachtfrost blieb ruhig stehen, als sie zu dem Buch gingen. »Sollen wir es gleich hier lesen?«, fragte Sonja. »Oder wieder mitnehmen?«

»Lieber hier. Vielleicht wirkt der Zauber nur innerhalb des Kristalls.«

Das klang vernünftig. Sie setzten sich nebeneinander hin, zogen das Buch zu sich heran und schlugen es auf.

Die Schrift war noch immer unleserlich, die Worte noch immer fremd. Bestürzt starrte Sonja die Zeichen an. Hatte Haelfas sie betrogen? Stimmte das alles gar nicht? Aber noch während sie sich verzweifelt fragte, was sie tun sollte, veränderte sich das Schriftbild. Und dann stand da ein Text, den sie lesen konnte.

*DAS BUCH DER ENAT*
*VOM EWIGEN BUND UND DER WIEDERKEHR*
*KINRIATS, DES GEFALLENEN*

»Kinriat«, wisperte Lorin. »Das muss der Name des Wolfsgottes sein.«

Stumm blätterten sie die Seiten um. Was sie lasen, war die Geschichte von Lyecenthe, von der Gründung bis zur Zerstörung. Sie lasen unzählige fremdartige Namen, Geschichten vom Aufstieg und Niedergang der Königshäuser bis zum Ewigen Bund, und dann lasen sie von der alles verheerenden Katastrophe, die die Welt auseinandergerissen und die Nebelmeere geöffnet hatte.

Und schließlich kamen sie zu einer Seite mit der Überschrift:

*VON DER WIEDERKEHR DES*
*GEFALLENEN GOTTES*

»Schau mal«, flüsterte Lorin und tippte auf einen Absatz. Dort war ein Zeichen aufgemalt, das Sonja mittlerweile nur zu gut kannte: ein Wolfskopf in einem Strahlenkranz. Darunter stand:

*Die Macht der Göttin verbrennt alles, was sie berührt, denn immer sucht sie nach dem, was ihr entrissen wurde, und sucht es den Lebenden mit Gewalt zu entreißen, und nur in der Hand ihrer Auserwählten hat sie Frieden.*

»Das Amulett«, hauchte Sonja.

»Die Macht der Göttin«, murmelte Lorin. »Kein Wunder, dass niemand außer dir es anfassen kann. Irgendwie glaube

ich nicht, dass Asarié jemals bis zu dieser Stelle gekommen ist.«
Eifrig suchten sie weiter. Sie wussten jetzt alles über Leben und Tod des Wolfsgottes, nur wo er verborgen war, wussten sie nicht. Aber dann entdeckte Sonja plötzlich den Absatz, den sie gesucht hatten. »Hier! Hier steht etwas! Hör zu!« Sie zog das Buch an sich und las vor:

*»Er starb und wurde wiedergeboren. Generation um Generation kehrte er zurück, immer verborgen, immer gebunden an die Gezeichneten. Unerkannt wandelte er zwischen seinen Kindern und gab sein Erbe weiter, auf dass es eines Tages wiedererweckt werde im letzten Kampf gegen die Dämonen aus der Tiefe. Und ihr erkennt ihn daran –«*

Sie brach ab. Ungläubig starrte sie auf die nächsten Worte, und ihr Gehirn weigerte sich einfach, zu akzeptieren, was da stand. Dann klappte sie das Buch zu, stand auf und schleuderte es so weit weg, wie sie konnte. Das war nicht sehr weit. Das Buch krachte zu Boden und blieb aufgeschlagen, mit zerknickten Seiten liegen.
»Sonja!«, rief Lorin entsetzt und sprang ebenfalls auf. »Was soll das?« Er lief zwei Schritte auf das Buch zu, und Sonja packte ihn am Arm. »Nicht! Lass es liegen! Fass es nicht an!«
Er runzelte die Stirn. »Wieso? Was ist denn los? Jetzt kommt doch genau die Stelle, die wir brauchen!«
»Wir brauchen sie nicht«, sagte Sonja. Ihr war eiskalt; alles in ihr war erstarrt. »Ich pfeife auf diesen Kampf. Ich reite nach Hause. Das machen wir nicht!«
»Was denn?« Er versuchte sich zu befreien, aber sie hielt ihn fest und zerrte ihn in die andere Richtung. »Sonja! Ich

muss das wissen! Es geht um das Überleben meines Volkes!«

»Mir ist dein Volk egal!«, schrie Sonja und merkte, dass sie weinte. »Alles ist mir egal! Fass das Buch nicht an!«

»Mir ist mein Volk nicht egal«, sagte Lorin. »Lass mich los. Du kannst mich nicht daran hindern – ich habe ein Recht dazu, und das weißt du.« Er hielt still und wartete ab, und endlich ließ Sonja ihn los und blieb stehen, hilflos und tränenüberströmt. Lorin hob das Buch auf, glättete die zerknickten Seiten und blätterte zu der Stelle, die sie vorher gefunden hatten.

*»Und ihr erkennt ihn daran«*, las er halblaut vor, *»dass sein Gesicht gezeichnet ist. Er ist der Bruder der Wölfin, der Gefährte der Wölfin ist sein Freund, und die Göttin selbst wird ihm eine Gefährtin schicken. Über dem Gläsernen Schlot muss er sich der Macht der Göttin opfern, denn so ist es vorherbestimmt, damit der Ewige Bund erneut geschlossen wird und alles eins ist in Ewigkeit.«*

Jetzt war er auch sehr blass. Er las die Stelle noch einmal wortlos durch. Und noch einmal.

»Das bist du nicht«, sagte Sonja. »Das ist irgendwer anders. Das hat mit dir nichts zu tun. Ich schmeiße das Buch weg und reite nach Hause, und du gehst zu deinem Volk zurück, und alles bleibt, wie es war, klar? Das hat nichts –« Weiter kam sie nicht, weil die Tränen ihr den Hals abschnürten.

»Der Bruder der Wölfin«, sagte Lorin ganz langsam. »Das ist mein Name. ›Ri‹ heißt Wölfin. Lorin heißt ›Bruder der Wölfin‹. Darian heißt ›Gefährte der Wölfin‹. Es –«

»Darian ist aber nicht Elris ›Gefährte‹!«

»Aber er wird es sein. Das ist mir schon lange klar – seit

unserem Ritt nach Lyecenthe. Sonja, es ist alles vorherbestimmt.«

»Ist es nicht!«, schrie Sonja. »Es ist mir egal, was dieses verdammte Buch sagt! Du machst das nicht!«

»Weißt du, was passiert, wenn ich es nicht tue?«, fragte Lorin. »Wir helfen dem Spürer. Wir töten mein Volk. Wir liefern Parva den Dämonen aus, und das lasse ich nicht zu. Sonja – nein, hör mir zu! Wir werden es tun. Wir suchen diesen Gläsernen Schlot. Ich würde mein Leben geben, um meine Leute auch nur vor einem Rudel wilder Schattenkatzen zu retten, und das hier – ist so viel größer.«

Sie schluchzte nur noch mehr und schüttelte wild den Kopf. Es war so gemein! Es war unfair! Gerade erst hatte sie Lorin gefunden, und jetzt –

»Ich mach das nicht«, schrie sie. »Ich mache das nicht!« Und dann wurde ihr erst richtig klar, was dieses monströse Buch da von ihr erwartete. »Ich hasse dieses Buch! Ich hasse euch alle! Ich will niemanden opfern, und ich will auch niemanden mehr retten! Ich pfeife auf euer bescheuertes Amulett und eure bescheuerte Göttin, und auf den Wolfsgott sowieso! Nachtfrost, bring mich sofort nach Hause!« Sie rannte zu ihm, schwang sich auf seinen Rücken und trat ihm heftig in die Seiten. »Los! Lauf schon! Vorwärts! Du bist überhaupt an allem schuld! Du hast das doch alles gewusst!«

Er warf den Kopf hoch und tänzelte auf der Stelle, die Ohren zuckten vor und zurück, als sei selbst er nicht mehr sicher, was er jetzt tun sollte. *Nein. Wenn ich es gewusst hätte, hätte ich es euch gesagt.*

»Du lügst! Ich glaube dir kein Wort mehr! Dir geht es doch auch nur um diesen bescheuerten Wolfsgott!« Sie riss an seiner Mähne und trat ihn noch einmal. »Vorwärts!«

*Und Lorin willst du hierlassen?*, fragte er, die Ohren flach am Kopf, und drehte sich so um, dass sie Lorin sah.

Er stand wie verloren in all dem Licht, ein schmächtiger grauhäutiger Junge in Lumpen, und mit einem Schlag war Sonjas ganze Wut weg. Nur die Verzweiflung blieb – und Scham. »Entschuldige«, flüsterte sie und fing wieder an zu weinen.

Lorin trat zu Nachtfrost heran, griff in die silberne Mähne und saß gleich darauf hinter Sonja. Ganz vorsichtig legte er die Arme um sie, als hätte er Angst, dass sie nach ihm schlug. Was sie natürlich nicht tat; sie schluchzte nur noch heftiger.

Nachtfrost setzte sich in Bewegung. Langsam schritt er durch den Kristall, und jetzt klang jeder Hufschlag wie eine ferne Glocke. Es war wie eine seltsame, fremde Musik, und Sonja hörte ihr fast gegen ihren Willen zu. Irgendwann merkte sie, dass sie nicht mehr weinte. Kummer und Verzweiflung waren noch da, aber wie unter einer Schicht aus Kristall verborgen. Sie fühlte gar nichts mehr, sie war nur noch müde.

»Versprich mir etwas«, sagte Lorin, und das Glas in ihrem Herzen bekam einen Sprung. Sie biss sich auf die Lippen.

»W-was denn?«

»Elri und Melanie«, sagte er. »Sag ihnen bitte noch nichts. Nur – dass wir diesen Gläsernen Schlot finden müssen. Was ist überhaupt ein Schlot?«

»Weiß ich nicht.« Ihre Stimme war heiser vom Weinen. »Und ich will's auch nicht wissen.«

»Wir werden es schon herausfinden. Versprichst du es mir?«

Sonja blickte starr über Nachtfrosts Kopf. Und nickte.

Und so kehrten sie zurück.

# Der Tanz der Kobolde

»Und?«, fragte Melanie sofort, als sie die Augen aufschlugen und sich langsam aufsetzten. »Wie war's? Waren die Enat wirklich dadrin? Was haben sie gesagt? Was ist mit dem Buch?«
Sonja antwortete nicht und wich ihrem Blick aus. Mit gesenktem Kopf schob sie den Kristall zu Lorin hin. Jetzt war sie froh über diesen Preis; sie wollte das widerwärtige Ding nie wieder sehen. Lorin öffnete seine kleine Gürteltasche, steckte den Kristall hinein und machte die Tasche wieder zu. Auch er sagte nichts.
»Nun redet schon!« Elri kniete neben ihnen und schaute sie aus glänzenden Augen an. »Was habt ihr erfahren?« Jetzt erst bemerkte sie, dass etwas nicht stimmte. »Was ist los? Habt ihr euch gestritten? Oder sind es schlechte Nachrichten? Konnten die Enat euch nicht helfen?«
»Doch.« Lorin rieb sich kurz die Augen und schaute dann seine Schwester an. Er versuchte ein Lächeln, das ihm nicht gelang. »Wir müssen einen gläsernen Schlot finden. Ich habe keine Ahnung, was das ist. Du?«
»Einen gläsernen Schlot?« Elri runzelte die Stirn. »Nein. Das Wort habe ich noch nie gehört. Was soll das sein?«
»Weiß ich nicht.«
»Und da ist dann der Wolfsgott?«
»Vielleicht«, murmelte Lorin.
»Gut«, sagte Elri geschäftsmäßig und stand auf. »Wir fragen Ganna. Sie weiß es bestimmt. Kommt!«

»Warte noch.« Sonja sprach leise, ihre Stimme gehorchte ihr noch nicht richtig. »Wo ist das Buch?« Nicht, dass sie es haben wollte – im Gegenteil. Aber sie sah es nirgends, und erst jetzt fiel ihr ein, dass sie es im Kristall liegen gelassen hatten. Aber das war doch nur ein Abbild gewesen – oder?

»Weg.« Melanie zuckte die Achseln. »Plötzlich hat es sich aufgelöst. Wir dachten, ihr hättet damit was zu tun.«

»Haben wir wohl auch«, sagte Lorin. »Wir haben vergessen, es wieder mit rauszunehmen. Ganna wird wütend sein ... das ganze Wissen weg.«

»Vorher war es auch nicht da«, sagte Elri, die immer praktisch dachte. »Kommt schon, ich habe Hunger!« Sie verwandelte sich und sprang den Abhang hinauf.

Melanie sah enttäuscht aus. »Ich dachte, ihr erzählt eine tolle Geschichte, wenn ihr aufwacht. Wie war es denn nun da drinnen?«

»Hell«, sagte Lorin. »Es war eine Welt aus Licht –« Er unterbrach sich, als Sonja sich an ihm vorbeischob und unter dem Felsvorsprung herauslief. Nachtfrost spitzte die Ohren und blickte ihr erwartungsvoll entgegen. Aber sie lief an ihm vorbei, schwang sich auf Beyashs Rücken und trieb ihn an. Der Rotfuchs warf erschrocken den Kopf hoch, machte einen Sprung vorwärts und galoppierte hinter Elri her.

»Sonja!«, rief Lorin, aber sie kümmerte sich nicht darum.

»Wow«, sagte Melanie tief beeindruckt. »Ihr drei müsst euch aber übel gestritten haben. Nachtfrost, dürfen wir auf dir reiten?«

*Natürlich,* sagte Nachtfrost und ließ die Ohren hängen.

Das ist alles nur ein Traum, dachte Sonja. Micky hat mich abgeworfen, und ich habe mir den Kopf angeschlagen. Das alles ist gar nicht wirklich. Irgendwann wache ich auf, und dann ist außer Melanie und mir und den Ponys niemand da. Und Herr Frickel kommt aus dem Haus und meckert rum. Es gibt kein schwarzes Einhorn, keine Nebelbrücke und keine fremde Welt. Und eine lebendige Göttin gibt es schon gar nicht. Und keine Geister und Dämonen. Und auch keine magischen Amulette. Und all die anderen seltsamen Viecher und Völker gibt es auch nicht. Nächsten Freitag schreiben wir eine Mathearbeit, und ich sollte allmählich irgendwelche Formeln lernen, sonst kann ich die achte Klasse vergessen. Geschichte kann ich auch nicht.

Es ist alles nur ein Traum.

Niemand muss sterben.

Es wurde schon dunkel, und sie konnte den Bergpfad kaum mehr erkennen. Nach dem ersten wilden Galopp hatte sie Beyash zu einem ruhigen Trab gezügelt. Es war ziemlich ungewohnt, auf einem Reittier zu sitzen, das ihre Gedanken nicht lesen konnte und sich auf ihre Führung verließ, statt tausendmal schlauer zu sein als sie und jeden Zentimeter Boden zu kennen. Also konnte sie nicht einfach blindlings drauflos rasen, auch wenn sie das gerne getan hätte. Nicht einmal in einem Traum wollte sie riskieren, dass Beyash sich die Beine brach. Er konnte schließlich am allerwenigsten dafür, dass sich der Traum in einen Albtraum verwandelt hatte.

Sie beugte sich vor und streichelte seine Mähne. Er zuckte mit den Ohren.

»Was soll ich machen?«, flüsterte sie, obwohl er ihr ja nicht antworten konnte. »Was soll ich bloß machen?«

Beyash streckte seinen Kopf zur Seite und rupfte im Vorbeigehen ein paar Blätter von einem Strauch. Ein paar andere Blätter stießen schrille, zirpende Laute aus und flatterten davon.

Sie musste vorsichtig sein. Traum oder nicht, dies hier war eine andere Welt. Und irgendwo hier waren die Suchtrupps des Spürers. Am liebsten wäre sie zu ihnen hingeritten und hätte ihnen das Amulett gegeben. Aber auch das würde jetzt nichts mehr nützen.
Sie hielt Beyash an und schaute sich um. Ohne Abzweigungen wand sich der steinige Pfad durch die Berge. Links vom Weg ging es zwischen Gras und Felsen einen steilen Abhang hoch, rechts ging es hinunter. Die dunkle Masse dort unten – war das der Wald der Tesca? War sie wirklich das ganze Stück zurückgeritten, das die Flüchtlinge gerade mühsam zurückgelegt hatten? Hätte sie den Suchtrupp nicht sehen oder hören müssen? Beyash senkte den Kopf, schnupperte über den Boden und trottete ein paar Schritte zur Seite, um Gras zu fressen. Sonja erlaubte es ihm und streichelte wieder seine Mähne.
Wann hatte sie eigentlich zum letzten Mal etwas gegessen? Sie versuchte sich zu erinnern. Sie hatte sich mit Haelfas Kekse und Wasser geteilt, und danach ... nichts mehr? Doch, Melanie hatte ihr zwei belegte Brote gegeben. Das war auch schon eine Ewigkeit her. Kein Wunder, dass sie kaum noch klar denken konnte.
Aber wo sollte sie etwas finden? Sie konnte ja wohl kaum absteigen und ebenfalls anfangen, Gras zu knabbern.
Bei meinem Glück, dachte sie, ist das Gras auch ein Altes Volk, und ich kann mich mit ihm unterhalten, aber verhungern werde ich trotzdem.
Was hinderte sie eigentlich daran, umzukehren und den Elarim zu folgen? Sie hatten auch nicht viel, aber das Wenige würden sie auf jeden Fall mit ihr teilen. Aber allein bei dem Gedanken daran, Ganna von den Worten in dem Buch zu erzählen, spürte Sonja, wie sich ihr Magen ver-

krampfte. Sie wusste jetzt schon, was Ganna sagen würde: Es ist der Wille der Göttin, und es muss getan werden. Elri würde stolz auf ihren Bruder sein, weil er seinem Stamm endlich mal nützlich sein konnte. Rion würde etwas über Pflicht und Ehre sagen, und Melanie würde sagen, dass die alle einen Knall hatten und Sonja und Lorin diesen Blödsinn auf keinen Fall ernst nehmen sollten. Wir finden schon irgendein Schlupfloch, würde sie sagen; manchmal war sie ihrer Mutter doch sehr ähnlich.

Aber auch sie würde natürlich nicht verstehen, was in Sonja vorging – kein Wunder, Sonja verstand es ja selbst nicht. Sie wusste nur, dass diese Prophezeiung sie zwingen wollte, Lorin das Amulett zu geben.

Damit er sich opfern konnte.

Niemals.

Und damit ließ sie alle ihre Freunde, das Land, die Göttin und Nachtfrost im Stich und half dem Spürer und den Dämonen.

Über ihr auf der Spitze des Hügels flammte ein weißes Licht auf.

Sie zuckte zusammen. War sie wirklich so weit oben, dass die Sternrückenberge nur noch Hügel waren? Sie kniff die Augen zusammen und blickte zu dem Licht hoch. Aber so hell war es gar nicht, jedenfalls blendete es nicht. Also öffnete sie die Augen wieder und schaute genauer hin. Da waren noch mehr Lichter, wie gelbe Feuerkugeln, die in dem weißen Schein tanzten. Und sie hörte Gesang, ein wildes, fröhliches Quäken im Rhythmus trappelnder Füße.

Was für Wesen tanzten da im Licht, das die Füße der Göttin auf den Bergkuppen hinterlassen hatte? Lorin hatte doch gesagt, dass die Lichter ausgingen, wenn man sich ihnen näherte! Aber vielleicht hatten diese Leute etwas zu essen – beim Feiern und Tanzen bekam man immer Hunger. Sonja hatte zwar nicht die allergeringste Lust auf Fröhlichkeit und Tanz, aber sie hatte Hunger. Und allzu Furcht einflößend klang das nicht, was da oben vor sich ging.

Sie rutschte von Beyashs Rücken und ließ den Rotfuchs weitergrasen, während sie vorsichtig den Abhang hinaufkletterte. Inzwischen hatte sie viel Übung im Klettern, und wenn sie auch gelegentlich die Hände zu Hilfe nehmen musste und sich nicht halb so anmutig bewegte wie Haelfas es getan hatte, kam sie doch rasch und problemlos vorwärts.

Kurz bevor sie die Hügelkuppe erreichte, legte sie sich auf den Bauch und kroch vorsichtig weiter durch das Gras, bis sie sehen konnte, wer da tanzte.

Es war mindestens vierzig oder fünfzig Leute mit wilden Strubbelhaaren, großen Knubbelnasen und noch größeren spitzen Ohren. Sie trugen lange, bunt gestreifte, gepunktete oder karierte Kleider, die wie ärmellose Nachthemden aussahen und sich bei jedem Sprung und jeder Drehung weit bauschten wie altmodische Ballkleider, nur nicht so elegant. Die Wesen schienen nicht besonders groß zu sein, aber vielleicht waren sie auch weiter weg, als es Sonja vorkam. Sie tanzten und hüpften um das weiße Licht herum, das aus dem Boden nach oben strömte. Dabei sangen sie Worte, die Sonja nicht verstehen konnte, weil irgendwie jeder etwas anderes zu singen schien. Im Hintergrund bliesen sechs Musikanten in Holzrohre, die in Wassermelonen gespießt waren. Zumindest sahen die dicken grünen Kugeln am Ende der Rohre wie Wassermelonen aus. Die Musik war quäkend und schrill, aber seltsam mitreißend, und Sonja merkte, dass sie den Rhythmus mit den Fingern trommelte, ohne es zu wollen. Und noch etwas merkte sie: die Luft duf-

tete nach frisch gebackenem Brot. Sie war so hungrig, dass ihr von dem Duft fast schlecht wurde.
Was sollte sie tun? In allen Märchenbüchern, die sie je gelesen hatte, gingen die Lichter schlagartig aus und die Tänzer verschwanden, wenn ein Mensch sich näherte. Und dann war alles dunkel, und der Mensch stolperte herum und sah nur noch einen Kreis von Fliegenpilzen, und wenn in einiger Entfernung die Lichter wieder aufflammten und die Musik wieder einsetzte und der Mensch dorthin lief, passierte wieder genau dasselbe. Wahrscheinlich hatten die Zauberwesen von Parva keine deutschen Märchenbücher gelesen, aber auch Lorin hatte gesagt, dass die Lichter auf den Bergkuppen ausgingen, wenn man sich ihnen näherte.
Egal. Wenn sie es nicht versuchte, konnte sie genauso gut hier liegen bleiben und auf der Stelle verhungern. Denn inzwischen war ihr eins ganz klar geworden: Sie würde nicht zu den Elarim zurückkehren.
Sie schob sich auf Händen und Knien hoch und stand auf. Langsam ging sie vorwärts, bis das weiße Licht sie einfing und die tanzenden Leute sie bemerkten. Und wieder einmal erwiesen Sonjas Märchenbücher sich als nutzlos, denn die Wesen hörten zwar auf zu tanzen, die Musik erstarb, aber das Licht leuchtete weiter, und niemand verschwand. Die Leute tuschelten aufgeregt miteinander, zeigten auf Sonja und liefen auf sie zu wie neugierige Kinder.
Sie waren wirklich nicht sehr groß. Eigentlich waren sie gerade nur so groß wie Sonja selbst. Aus der Nähe wirkten sie noch fremdartiger. Sie hatten gelbe Katzenaugen und blasse Gesichter mit unzähligen verschlungenen Schattenmustern. Ihre Haare waren aus Strähnen in unzähligen Farben zusammengesetzt und standen wild von den Köpfen ab. Ob die Wesen männlich oder weiblich waren,

konnte Sonja nicht erkennen, und bis auf die unterschiedlichen Muster auf ihren Kleidern sahen sie alle gleich aus. Aber sie wirkten freundlich und furchtlos; auf vielen Gesichtern sah Sonja ein Lächeln.
Sie fasste neuen Mut. »Hallo«, sagte sie zaghaft. »Ich heiße Sonja. Ich wollte euch nicht stören, aber ich habe solchen Hunger ... könnte ich vielleicht bitte irgendwas zu essen haben?«
Einige der Wesen nickten eifrig. »Hunger ist nicht gut«, sagte einer. »Hunger macht traurig«, ergänzte ein anderer. »Hunger macht schwach. Willst du mit uns tanzen?«
»Danke – aber ich möchte eigentlich bitte nur etwas essen.«
»Komm mit!«, rief einer. »Wir haben genug zu essen für alle! Lasst uns alle etwas essen!«
Sonja war so erleichtert, dass ihre Knie weich wurden. Sie hätte nicht gewusst, wohin sie sonst noch hätte gehen können. Die Wesen liefen zurück zur Tanzfläche und nahmen sie mit. Sie zogen nicht und schoben nicht, nahmen sie einfach nur mit wie ein Blatt, das ins Wasser fällt und vom Strom mitgenommen wird. Offenbar war es für sie das Selbstverständlichste der Welt, wildfremde Menschenkinder zu versorgen. Ein wenig unheimlich wurde es ihr zumute, als sie sie mitten durch das Licht führten, aber nichts passierte – es war einfach nur Licht. Auf der anderen Seite war ein Tisch aufgebaut, auf dem sich große Brotlaibe zwischen Schüsseln voller Beeren und Früchte türmten. Es duftete herrlich. Jetzt wurde es Sonja wirklich schwummrig. Die Wesen rissen Stücke von den Brotlaiben ab und griffen mit den Händen in die Schüsseln. »Iss, iss!«, ermunterten sie Sonja. »Du bist viel zu dünn!«
Das ließ sie sich nicht zweimal sagen. Sie brach ein Stück Brot ab und biss hinein, und es war das Beste, was sie in

ihrem ganzen Leben gegessen hatte. Um sie herum schmatzten und aßen die seltsamen Wesen mit ebensolchem Heißhunger wie sie. Immer wieder begegnete sie neugierigen und fröhlichen Blicken.
Aber schon nach sechs oder sieben Bissen konnte sie nicht mehr. Sie hatte zu lange gehungert, ihr Magen weigerte sich, jetzt plötzlich so viel aufzunehmen. Sie aß noch ein paar rote Beeren, die wie Pfirsiche schmeckten, trank aus einem Krug klares Wasser und war so satt, dass sie sich kaum mehr rühren konnte. »Danke schön!«, sagte sie in die Runde, und die Wesen nickten eifrig und schienen sich zu freuen. »Wer seid ihr eigentlich? Was tut ihr hier?«
»Wir sind Kobolde«, sagte einer fröhlich. »Wir tanzen hier jede Nacht.«
»Warum?«
»Warum nicht?« Sie lachten.
»Und was macht ihr tagsüber?«
»Schlafen natürlich! Tanzen macht müde!«
»Und ihr macht nichts anderes?«
»Das ist doch genug! Tanz mit uns!«
Eigentlich war ihr nicht nach Tanzen zumute. Aber vielleicht lag es am Brot, vielleicht auch an der Fröhlichkeit der Kobolde, dass sie sich plötzlich wieder vorstellen konnte, für eine kurze Zeit den Schrecken zu vergessen. »Ich kann aber nicht tanzen.«
»Doch, doch! Jeder kann tanzen! Und singen! Tanzen und singen macht fröhlich! Komm, tanz mit uns! Sei eine von uns! Vergiss dich selbst!« Schon spielten die Musikanten erneut los, und die Kobolde rannten zurück auf ihre Tanzfläche und tanzten und hüpften wieder herum. So schwer sah es wirklich nicht aus.
Vergiss dich selbst …

Ja, das wollte sie jetzt gerade sehr gern tun. Sie wollte nicht mehr nachdenken. Vielleicht konnte das Tanzen ihr wirklich dabei helfen.
Sie machte einen Schritt auf die Tanzfläche zu, aber einer der Kobolde war bei ihr geblieben und zupfte sie am Arm.
»Ja?«
»Du musst das da ablegen«, quäkte der Kobold und zeigte auf ihre Brust.
»Meinen Pullover?«, fragte Sonja entgeistert.
»Das Amulett! Sonst kannst du nicht tanzen und dich selbst vergessen!«
Das klang logisch. Solange sie das Amulett trug, würde sie es bei jeder Bewegung spüren und sich erinnern, dass Lorin sich ihm opfern sollte. Und es gab nichts, was sie lieber tun wollte, als es abzulegen und zu vergessen. Da außer ihr ja sowieso niemand es anfassen konnte, würde es auch niemand klauen.
Ganz kurz, wie aus weiter Ferne, glaubte sie Schreie und ein Wiehern zu hören, wie den Ruf eines Einhorns, aber sie achtete nicht darauf, und das Geräusch ging in der Musik unter. Sie zog das Amulett an seiner Kette über den Kopf und legte es ins Gras, und dann folgte sie dem Kobold in die tanzende Menge.
Es war tatsächlich ganz einfach. Ihr Körper bewegte sich von selbst. Die Musik griff nach ihr, riss sie mit, und sie spürte, wie ihre Seele sich öffnete; nicht nur einem Kobold, sondern allen. Sie war nicht mehr Sonja. Sie war eine von ihnen, eins mit ihnen, und sie tanzte und vergaß die Welt.

# Die lange Nacht

Zwei Stunden nach Sonnenuntergang beschlossen Ganna und Rion, die Flucht zu beenden. Es hatte keinen Zweck; sie waren alle zu erschöpft. Sie konnten den Suchtrupps nicht entkommen. Sie führten den Zug über die Handelsstraße und von dort gleich in einen Talkessel mit hohen Wänden. Dort schoben die Elarim die Schlitten und Karren zu einer Barriere zusammen, verteilten Bögen und Pfeile und verschanzten sich, während die Tesca und Nachtfrost vor der Absperrung warteten. Lorin bewaffnete sich ebenfalls. Melanie und ein paar andere, die nicht kämpfen konnten, wurden nach ganz hinten in den Talkessel geschickt, um nach Fluchtwegen zu suchen – »für die wenigen, die vielleicht überleben«, sagte Rion. Es klang schrecklich, aber Melanie wusste, dass er recht hatte. Gegen die Söldner des Spürers hatten sie keine Chance.

Ganna hatte ihr einen abgeschliffenen Splitter aus rötlichem Metall gegeben. »Das muss als Spiegel reichen«, hatte sie gesagt. »Bleib weg vom Kampf, hörst du? Wenn alles verloren ist, kannst du auf diesem Weg fliehen.«

Das war natürlich der bequemste Weg – einfach im Spiegel verschwinden, durch die Geisterwelt gehen und anderswo herauskommen, so mühelos und natürlich, wie aus einem Traum aufzuwachen.

Aber was wurde dann aus Lorin und Elri und allen anderen, die hierbleiben mussten?

Wenn wir doch alle zusammen durch den Spiegel gehen

könnten, dachte Melanie. Wo waren nur Sonja und Beyash? Eigentlich hatte sie gedacht, dass sie sie einholen würden, aber sie waren verschwunden. Und Ganna hatte nicht erlaubt, dass Melanie und Lorin zurückritten, um sie zu suchen.

»Es tut mir leid«, hatte sie gesagt. »Aber wir brauchen Nachtfrost hier. Er ist der Einzige, der auch tiefe Wunden schnell genug heilen kann. Wir müssen so lange durchhalten, wie wir können. Vielleicht kommen uns die Alten Völker doch noch zu Hilfe.« Es klang, als ob sie selbst nicht mehr daran glaubte.

Es war völlig dunkel. Das einzige Licht im Tal kam von den Sternen, Nachtfrosts Mähne und Schweif und von einem der weißen Lichter auf den Bergen im Süden. Melanie blickte an der schwarzen Steilwand hoch, aber auf ihrem Berg schien es kein Licht zu geben. Neben ihr bewegte sich die Gestalt einer älteren Frau, die jeden Zentimeter des Felsens abzutasten schien. Es war ganz still, nur hier und da kratzte oder scharrte etwas, wenn sich jemand am Fels entlangschob.

Dann hörten sie etwas in der Stille, ein Geräusch, das sich näherte und in unzählige weitere klappernde Geräusche aufspaltete und immer lauter wurde. Melanies Magen verkrampfte sich.

»Sie kommen«, hauchte die Frau neben ihr. »So viele!«

Melanie nickte stumm, obwohl die Frau es nicht sehen konnte. Das war kein einfacher Suchtrupp, was sich da näherte – es war ein Heer.

Verzweifelt schaute sie sich um. Die Felsen waren zu steil zum Klettern, und es gab weder Nischen noch Höhlen oder auch nur den geringsten Durchgang. Da war kein Fluchtweg. Ganna und Rion hatten sie in eine Sackgasse geführt.

Am Taleingang tauchten Lichter auf. Es waren Fackeln, getragen von Reitern. Rasch kamen sie näher und vertrieben das Licht der Sterne. Nachtfrost wieherte zornig, die Tesca heulten und rannten los, und die Schlacht begann. Die älteren Frauen liefen nach vorne, um zu helfen.
Melanie blieb allein zurück. Es war eine Sache, eine Fantasyschlacht im Kino zu sehen oder darüber zu lesen – eine ganz andere war es, mittendrin zu stecken. Sie zog den Spiegelsplitter aus der Tasche und umklammerte ihn, während sie sich hinkauerte und voller Schrecken den furchtbaren Schreien und Schlägen lauschte. Wann war alles verloren? Jetzt? Oder erst, wenn die Feinde den mickrigen Schutzwall übersprangen und Melanie entdeckten?
An einer Stelle ging der Schutzwall in Flammen auf. Ein Schlitten brannte, und seine Ladung aus Fellen und Leder entwickelte eine dichte Rauchwolke und fürchterlichen Gestank. Vor den zuckenden Flammen erkannte Melanie kämpfende und rennende Gestalten. Eine davon war langsamer als die anderen und bewegte sich mit einem Hinken, das ihr bekannt vorkam.
Es ist nicht meine Welt, dachte Melanie. Es ist nicht mal mein Abenteuer. Sonja wurde auserwählt, nicht ich – keiner braucht mich, ich habe hier absolut nichts zu suchen. Ich bin bloß hier, weil ich so bescheuert war. Ich kann jederzeit nach Hause, ich brauche nicht mal ein Einhorn –
Eine Gestalt auf einem pechschwarzen Pferd übersprang die Barriere und ließ eine riesige Keule auf Lorin niedersausen. Er wich aus, stolperte und stürzte. Das schwarze Pferd bäumte sich über ihm auf.
Melanie ließ den Spiegel fallen, fuhr hoch und rannte los.
Was danach kam, blieb ihr nur als wirres Chaos aus Feuer und Rauch und schreienden Menschen in Erinnerung. Der

Schutzwall brach zusammen, einer der Tesca krachte ihr vor die Füße, der Reiter des schwarzen Pferdes war plötzlich verschwunden, und das Pferd selbst scheute, sprang zur Seite und verschwand im Rauch. Melanie packte Lorins Schultern und versuchte ihn wegzuziehen. Aber obwohl er nicht besonders kräftig war, war er doch ein bisschen zu schwer. Und nicht nur das – er wehrte sich auch noch.
»Lass mich los! Melanie! Hörst du das nicht?«
Sie hörte nur die Schreie und das Prasseln der Flammen, das immer lauter wurde – bis es alles andere übertönte. Es klang wie die Hufe von tausend Pferden.
Jemand brüllte: »Rückzug! Rückzug, Kämpfer des Lindwurms!« Die Feinde rissen sich los und verschwanden in der Dunkelheit. Das Donnern der Hufe verklang. Irgendwo wurde noch einmal geschrien, dann herrschte Stille.
»Elarim und Tesca?«, rief eine laute Männerstimme von jenseits der Flammen. »Erlaubt ihr den Stämmen von Yedeas das Überschreiten der Grenze?«
»Ich fasse es nicht.« Ganz in der Nähe richtete sich eine zerzauste Ganna auf und blinzelte aus tränenden Augen durch den Rauch. »Da retten sie uns im letzten Moment das Leben und fragen trotzdem, ob sie sich die Stiefel abtreten sollen, bevor sie hereinkommen.« Melanie konnte kaum glauben, dass die alte Frau nach dem Entsetzen dieser Schlacht noch Scherze machte. »Seid willkommen, Verwandte! Ist das der kleine Rashun, der da so herumbrüllt?«
»In aller Pracht und Herrlichkeit«, antwortete der Mann mit einem Lachen. Er schnalzte mit der Zunge und ritt langsam auf die brennenden Schlitten zu. Er war groß und kräftig und trug eine Metallrüstung – die erste, die Melanie in dieser Welt sah. Über den Schultern trug er einen schwarzen Umhang mit einer eingestickten Sonne. Sein Pferd

war ein Falbe mit dunklen Abzeichen und fast so groß wie Nachtfrost. »Gut, dich zu sehen, Jeravi Ganna.«

Lorin kam mühsam auf die Beine. »Das ist das Letzte Heer«, murmelte er. »Ich dachte, sie wären im Osten –« Sein Blick wurde plötzlich wieder klar. »Elri! Wo ist Elri? Und Nachtfrost?«

Melanie tastete nach ihrer Verbindung zu Nachtfrost. »Er ist da draußen irgendwo. Es geht ihm gut – er hat gerade angefangen, Verwundete zu heilen.«

»Und Elri?«

»Wir suchen sie, komm!«

Die Elarim waren schon dabei, die brennenden Schlitten auseinanderzureißen, um einen Weg für Rashun und sein Gefolge freizumachen. Melanie und Lorin schlüpften an ihm vorbei, als er wie ein König hindurchritt.

Das Schlachtfeld war ein furchtbarer Anblick. Überall lagen Menschen und Wölfe. Die Verwundeten wimmerten, stöhnten und wälzten sich auf dem zertrampelten Boden, aber viele lagen ganz still. Dazwischen streiften ein paar reiterlose Pferde herum. Lorin schnappte sich eine herumliegende Fackel, enzündete sie an einem brennenden Schlitten und hinkte los, um seine Schwester zu suchen. Melanie folgte ihm und versuchte, nicht über das nachzudenken, was sie sah. Es war schrecklich, grausam, barbarisch – aber in ihrer eigenen Welt gab es das auch. Vielleicht gab es keine Welt im ganzen Universum, wo die Menschen keinen Krieg führten. Was konnten ein paar Kinder schon tun, um so etwas aufzuhalten?

Am Ausgang des Tales erkannte sie undeutlich Menschen und Pferde. Das musste das Letzte Heer sein. Aber sie achtete nicht darauf. Wichtiger war es, Elri zu finden.

»Da ist Nachtfrost!«

Er war leicht zu erkennen. Mähne und Schweif schimmerten in ihrem eigenen Licht. Er streifte zwischen den Verwundeten umher und senkte immer wieder den Kopf, um jemanden mit seinem Horn zu berühren.
Ein Jaulen ließ sie aufschrecken. Aber es war kein Schmerzensschrei. Eine schwarze Wölfin galoppierte auf sie zu, sprang Lorin an, warf ihn um und leckte ihm wie wild das Gesicht ab, und dann verwandelte sie sich übergangslos in Elri, die ihren Bruder umarmte und lachte und gleichzeitig schluchzte. »Ihr seid in Ordnung! Ihr seid wirklich in Ordnung! Ich habe solche Angst um euch gehabt!«
»He«, sagte Lorin, »du warst mittendrin, nicht wir!«
»Ist doch völlig egal! Maen ist gefallen, und Garom, und Rion war –«
Es war wie ein Schlag in die Magengrube. Melanie wurde ganz starr. »Rion?« Das war der erste Tesca gewesen, den sie kennengelernt hatte, ein freundlicher junger Mann, der die Tesca seit Velerias Verschwinden anführte und Elri nach ihrer ersten Verwandlung geholfen hatte. Maen und Garom kannte sie nicht, aber Rion ... »Er ist – tot?«
»Nein, nein«, sagte Elri hastig. »Ich wollte sagen, er war furchtbar verletzt, und Nachtfrost hat ihn geheilt. Ist das da draußen wirklich das Letzte Heer? Wie kommen sie hierher? Was ist im Osten los? Ich meine, ich bin froh, dass sie da sind, aber – und wo ist Sonja?«
Darauf wussten sie keine Antwort.
Den Rest der Nacht verbrachten sie damit, Verwundete zu versorgen. Lorin setzte seine bescheidenen Heilkräfte ein, während Elri und Melanie lernten, Wunden notdürftig zu verbinden, damit die Verwundeten durchhielten, bis Nachtfrost oder einer der Heiler zu ihnen kommen konnte. Irgendwann war Melanie so müde, dass sie sich für einen

kurzen Moment hinsetzte und augenblicklich fest einschlief.

Es war noch dunkel, als Lorin sie wieder weckte. »Tut mir leid«, entschuldigte er sich, als sie gegen den Schlaf ankämpfte und die Augen zu öffnen versuchte. »Rashun will mit uns sprechen.«

»Ist das mein Problem?« Sie war todmüde, jeder Knochen tat ihr weh, sie fror, hatte Durst und hörte noch immer die Schreie der Verwundeten, obwohl es jetzt still war. Steif und zerschlagen setzte sie sich auf. »Was will er denn ausgerechnet von uns?«

»Weiß ich nicht«, sagte Lorin. »Aber wenn dir nichts Höfliches einfällt, sag lieber nichts. Er hat uns das Leben gerettet. Und außerdem dürfte er im Augenblick der mächtigste Mann in ganz Parva sein –«

»Bis auf den Spürer natürlich.«

»Den Spürer betrachte ich nicht mehr als Mann«, sagte Lorin knapp und wirkte plötzlich sehr kühl und fremd. »Er ist ein Dämon.«

»Ich komme ja schon.« Müde stand Melanie auf. Sie hatte das Gefühl, dass diese Nacht überhaupt nicht mehr aufhörte. Sie trottete hinter Lorin her und sah, dass die Verwundeten und Toten weggebracht worden waren. Auch die gefallenen Gefolgsleute des Spürers waren nicht mehr da. Überall waren Leute unterwegs. Einige sahen für Melanie irgendwie seltsam aus, aber es war zu dunkel und sie war zu müde, um darauf zu achten. Die Überreste der verbrannten Schlitten waren zu einem bizarren Haufen an der Felswand zusammengetragen worden. In einiger Entfernung war ein großes Kuppelzelt aufgebaut worden. Davor standen zwei Männer mit Speeren und Rüstungen. Sie ließen Lorin und Melanie wortlos durch.

Wärme, Licht und ein durchdringender Geruch nach Menschen und Tieren empfing sie. Ringsum war das Zelt mit Matten und Fellen ausgelegt. In der Mitte brannte ein kleines Feuer und verbreitete eine angenehme Wärme, die Melanie erst klarmachte, wie verfroren sie war. In einem großen Kreis saßen Rashun, Ganna, Marus, Rion, Elri und viele andere, die sie nicht kannte. Nur wenige davon waren Menschen. Sie erkannte ein schwarzfelliges Wesen mit zwei Beinen und vier Armen – das musste einer der Mayakó sein, von denen Sonja ihr erzählt hatte! Auf der linken Seite hockten zwei Gnome, die ihre Matte zur Seite geschoben hatten, um direkt auf dem Erdboden zu sitzen. Sie winkten Melanie zu, aber sie wusste nicht, ob einer von ihnen Sluh war. Trotzdem winkte sie natürlich zurück.
Da waren auch zwei Frauen, die statt Gesichtern schwarze Schnäbel hatten und statt Kleidern Gewänder aus schwarzen Federn trugen. Aus dunklen Vogelaugen schauten sie Melanie neugierig an. Hinter ihnen hockte etwas Massiges, Pelziges, das wie ein grauer Bär aussah, aber eine spitze Schnauze mit Nagerzähnen hatte. An einer Stelle ohne Matten stand Nachtfrost und sah genauso aus, wie Melanie sich fühlte: müde und niedergeschlagen.
»Das sind also die Kinder, die Lyecenthe entdeckt haben«, sagte Rashun. Seine Stimme war tief und füllte das ganze Zelt. Melanie schaute schnell zu ihm hin. In seiner Rüstung sah er viel beeindruckender aus als alle anderen; nur Nachtfrost verblasste nicht neben ihm. Sein Blick war scharf und durchdringend, und er schien der Einzige zu sein, der nicht vor Müdigkeit fast umfiel. »Bist du die Seelentauscherin aus der fremden Welt?«
»Nur die Freundin«, antwortete Melanie.
»Sie ist die Brückenwächterin in der anderen Welt«, sagte

Ganna. »Im Kampf gegen das Würmermaul, von dem ich euch erzählt habe, hat sie dem Taithar das Leben gerettet.«
Ein beeindrucktes Murmeln lief durch das Zelt.
Rashun nickte und betrachtete Melanie nicht mehr ganz so geringschätzig. »Und wo ist die Seelentauscherin?«
Ganna seufzte. »Das wissen wir nicht.«
»Sie ist weggelaufen«, sagte Marus. »Sie ist der Aufgabe nicht gewachsen.«
Wieder wurde gemurmelt. Einige der Tesca sahen wütend aus, Elri und Rion knurrten hörbar. Aber Melanie sah, dass sie nicht auf Sonja wütend waren, sondern auf Marus.
»Sie muss gefunden werden«, sagte Rashun. »Ohne sie haben wir keine Chance.«
»Aber ihr habt doch ein großes Heer!«, entfuhr es Melanie.
»Weißt du, was wir haben?«, sagte Rashun. »Wir haben ein Heer von Flüchtlingen. Das Letzte Heer ist im Osten aufgerieben worden. Fast alle, die mir folgen, haben sich uns angeschlossen, als sie vor den Dämonen flohen.« Er stand auf. »Die Sonne geht bald auf. Kommt mit, ich werde euch etwas zeigen.«
Sie verließen das Zelt. Melanie, Lorin und Elri hielten sich natürlich dicht bei Nachtfrost, während die ganze Gruppe Rashun zum Ausgang des Tals folgte. Er führte sie zwischen einer Reihe von Zelten hindurch bis ins offene Gelände, ein weites Tal, durch das die Handelsstraße verlief. Kurz vor der Straße blieb Rashun stehen und wandte sich nach Osten. »Seht ihr das?« Er hob die Hand und zeigte in die Richtung, aus der sein Heer gekommen war. Dort zog sich ein Streifen von dunklem Gold über den schwarzen Horizont und kündigte den Sonnenaufgang an. Aber etwas wie eine Wolke lag über dem Land; eine steingraue Wand aus dichtem Nebel. »Da drin sind die Dämo-

nen. Dutzende von diesen Würmermäulern, hunderte von Rennfressern und dahinter irgendwo die Nebelkönige. Wir haben sie nur kurz aufhalten können; gerade lange genug, um den anderen die Flucht zu ermöglichen. Und wir werden versuchen, sie ein paar Tage lang am Überqueren der Berge zu hindern. Unser einziger Vorteil ist, dass sie Schwierigkeiten mit Wasser haben. Wir haben alle Brücken hinter uns zerstört, und das war so ziemlich das Einzige, was wir tun konnten. Dieses Tal ist zu breit, wir können es nicht gegen die Dämonen sichern. Und es ist das Einfallstor zu euren Ländern im Westen. Endra, Tinaltan, Yedeas und Chisiro sind schon im Nebel versunken. Ich hoffe, dass die Kari und Marui es noch über die Grenze nach Süden geschafft haben. Und ich rate euch, nach Westen zu fliehen, und zwar schnell. Parva ist verloren.«

Sie waren wie betäubt.

»Wir müssen uns ergeben«, sagte Marus. »Vielleicht haben wir dann eine Chance.«

»Und als was willst du weiterleben?«, fragte Rion scharf. »Als Rennfresser?«

Marus verzerrte das Gesicht zu einer hässlichen Grimasse. »Als irgendwas.«

»Was sind Rennfresser?«, flüsterte Melanie Lorin zu.

»Mäuler auf Beinen«, flüsterte er zurück. »Sie tauchen immer in Rudeln auf und haben keine Augen, aber dafür einen Haufen Zähne.«

Sie schüttelte sich.

»Ich möchte nur überhaupt am Leben bleiben«, fuhr Marus fort. »Und der Spürer hat auch menschliche Gefolgsleute! Vielleicht würde er uns verschonen!«

»Und Ghadan und Aletheia?«, fragte Ganna.

»Die sind doch längst tot.«

»Das wissen wir nicht. Und selbst wenn, haben sie noch immer einen Sohn.«
»Wenn ich die Wahl habe zwischen einem unerfahrenen Jungen und dem Spürer, weiß ich, was ich wähle!«
»Du würdest einen Dämon wählen«, sagte Rashun.
»Das haben nur die Kinder behauptet. Bewiesen ist es nicht! Und davon abgesehen, waren wir doch nie damit einverstanden, den Teshante Tribut zu zahlen! Wir haben nur eingewilligt, damit sie uns beschützen! Und wie sie uns beschützt haben, sieht man ja!«
»Die Zeichen der Göttin –«, begann Ganna.
Marus drehte sich zu ihr um. »Ich habe genug von den Zeichen der Göttin! Ab sofort gehe ich meinen eigenen Weg. Und meinen Clan nehme ich mit.«
»Wenn sie dir folgen«, sagte Ganna.
Er spuckte aus, fuhr auf dem Absatz herum und ging weg. Wenig später sahen sie, wie er mit zehn Männern und Frauen das Lager verließ. Sie schlugen einen weiten Bogen um Ganna, Rashun und die anderen und machten sich auf den Weg nach Osten.
»Ist das sein ganzer Clan?«, fragte Rion.
»Ein kleiner Teil«, erwiderte Ganna traurig. »Und viel zu viele.«
»Wir können uns nicht um sie kümmern«, sagte Rashun. »Wir werden uns hier festsetzen und die Dämonen aufhalten, so gut wir können. Ihr müsst nach Westen gehen. Vielleicht ist die Grenze nach Nayiga noch offen.«
»Ist das ein Befehl?«, fragte Ganna.
»Eine Bitte.«
»Wer von uns noch kämpfen kann, bleibt hier.« Sie wechselte einen Blick mit Rion, und er nickte. »Die anderen gehen nach Westen. Und ihr«, sie wandte sich an Elri,

Lorin, Melanie und Nachtfrost, »müsst Sonja finden. So schnell wie möglich. Warum ist sie nur weggelaufen? Ich begreife das nicht.«
Lorin zögerte. Melanie konnte spüren, wie er sich spannte. Endlich fragte er: »Ganna ... weißt du, was ein gläserner Schlot ist?«
»Ein was?« Irritiert blickte sie ihn an. »Nein. Das habe ich noch nie gehört.«
Auch die anderen schüttelten die Köpfe. Doch dann meldete sich plötzlich eine der beiden Vogelfrauen zu Wort. Ihre Stimme war rau und krächzend wie die einer Krähe. »Ein Schlot ist ein Schorrrrrnstein. Nurrr ein anderrrres Wort. Da kommt Rrrrrrrauch rrrrraus. Ist aberrrr aus Stein. Nicht Glas.«
Lorin wurde ein wenig blass. »Danke.«
Sie stieß ein Krächzen aus und verstummte.
»Wir dürfen keine Zeit mehr verlieren«, sagte Ganna. »Sonst war das alles umsonst. Nachtfrost, wo ist Sonja?«
Er stand reglos. *Ich werde sie finden.*
»Gut.« Sie schien nicht zu merken, dass er ihre Frage nicht beantwortet hatte. »Ihr braucht Pferde. Rashun –«
»Ja. Ihr könnt welche von uns haben.«
»Ich brauche kein Pferd«, sagte Elri und verwandelte sich.
Wenig später verließen sie das Lager. Elri lief voraus. Melanie ritt auf Nachtfrost, Lorin auf einem kräftigen kleinen Rappen mit weißer Blesse, der Iruko hieß. Die Sonne ging auf und goss ihr Licht in das weite Tal. Sie überquerten die Handelsstraße und galoppierten an.
»Warum sind wir eigentlich andauernd auf der Suche nach irgendwas?«, rief Melanie Lorin zu.
»Weil man sich in diesem Land leicht verlieren kann«, antwortete er.

# Die getauschte Seele

Gegen Mittag standen sie auf der Kuppe eines Berges. Weit und breit gab es nur Gras und Felsen unter einem wolkenlosen Himmel, von dem die Sonne warm herabschien. An einer Stelle war das Gras niedergedrückt, richtete sich aber schon wieder auf. Sonst gab es auf diesem Berg nur zwei Dinge von Bedeutung: Beyash, der in aller Gemütsruhe vor sich hin weidete, und das Wolfskopfamulett, das im Gras lag und wohl nur durch Zufall seinen mahlenden Zähnen entgangen war. Nachtfrost, der zielstrebig hier hochgelaufen war, hatte es so sicher gefunden, als hätte es ihn gerufen. Aber Sonja war nirgends zu sehen.

»Sie muss doch hier irgendwo sein«, sagte Lorin und schaute sich um. Elri schnüffelte mit ihrer Wolfsschnauze durch das Gras, verwandelte sich zurück und erklärte: »Sie war hier. Ziemlich lange. Sie hat etwas Leckeres gegessen und ist dann im Kreis gelaufen.« Sie rieb sich die Nase. »Es ist ein seltsamer Geruch. Schwächer, aber überall. Sie ist in jeder einzelnen Fährte.«

»Was für Spuren sind denn noch da?«, fragte Melanie. »Und wo führen sie hin?«

»Füße«, antwortete Elri. »Ein Waldgeruch. Es war eine große Gruppe von Leuten, aber ich kann nicht sagen, welcher davon Sonja war. Die Spuren riechen alle gleich. Und sie sind den Berg hinuntergelaufen. Da hinein.« Mit einer Kopfbewegung wies sie auf den dunklen Wald, der sich vom Fuß des Berges bis weit in die Steppe zog.

»Das ist doch der Wald der Tesca«, sagte Lorin. »Kennst du dich dort nicht inzwischen ganz gut aus?«

»Nur, weil ich ein paarmal dort gejagt habe? Der Wald ist riesig, Lorin! Und Rion hat mir gesagt, ich sollte ihn nicht allein erkunden.«

Melanie hob herausfordernd den Kopf. »Jetzt bist du nicht allein.«

»Schon, aber –«

Nachtfrost war schon den ganzen Tag ungewöhnlich schweigsam gewesen. Jetzt ließ er seine Stimme zum ersten Mal hören, und zwar so, dass sie ihn alle verstehen konnten. *Sie hat hier aufgehört zu sein.*

»Was?«, schrie Lorin.

»Was soll das heißen?«, fragte Melanie entgeistert. »Aufgehört zu sein? Was heißt das?«

*Sie ist als Sonja hier heraufgekommen, aber nicht als Sonja weggegangen. Sie hat sich hier oben selbst vergessen. Ich konnte sie immer spüren, selbst als der Dämon mich gefangen hatte – bis ich die Welt verließ, um mich zu retten. Aber jetzt spüre ich sie nicht mehr.*

»Das kann nicht sein! Sie kann doch nicht ohne dich zurück nach Hause gehen!«

*Sie ist nicht nach Hause gegangen*, sagte Nachtfrost unglücklich. *Ich weiß nicht, wo sie ist.*

Melanie war todmüde und fror so sehr, dass sie zitterte. Sie hatte nicht geglaubt, dass ihr noch kälter werden könnte, aber jetzt hatte sie das Gefühl, zu Eis zu erstarren. »Nicht nach Hause?«, wisperte sie. »Aber … aber …«

»Ist sie tot?«, fragte Elri mit rauer Stimme, und Lorin stieß einen erstickten Laut aus.

*Ich weiß es nicht. Sie ist ein Wassertropfen in einem großen See. Ich kann sie nicht finden.*

»Quatsch«, sagte Melanie hart. »Wir reiten in diesen verflixten Wald und suchen sie, klar?«

*Sie ist nicht im –*

»Du hast gesagt, du kannst sie nicht spüren! Also kann sie überall sein! Wir müssen einfach nach ihr suchen!«

*Sie ist nirgends,* antwortete Nachtfrosts Geiststimme fast unhörbar.

»Das werden wir ja sehen.« Melanie holte tief Luft, bückte sich und griff nach dem Amulett.

»Nein!«, schrie Lorin. »Fass es nicht an!«

Erschrocken zog sie die Hand zurück. »Was? Warum nicht? Ich kann mich höchstens ein bisschen verbrennen, oder? Aber wenn Sonja wirklich in irgendeine andere Welt gegangen ist, dann muss einer von uns das Teil mitnehmen! Sonst kann es ja jeder klauen!«

»Nein!« Lorin war totenblass unter der graubraunen Haut. »Wenn Sonja wirklich diese Welt verlassen hat, dann –« Er stockte und suchte nach Worten. Endlich fuhr er leise fort: »Dann soll lieber eine ganz Fremde es finden und die neue Auserwählte sein.«

*Das kannst du nicht bestimmen,* sagte Nachtfrost.

»Das weiß ich auch! Sag du uns doch, was wir tun sollen!«

Nachtfrost schwieg.

»Wartet mal«, sagte Elri, die den kurzen Wortwechsel aufmerksam verfolgt hatte. »Ihr verschweigt uns doch etwas. Bisher hat keiner von euch gesagt, warum Sonja eigentlich abgehauen ist. Wenn wir das wissen, können wir sie vielleicht auch finden.« Sie setzte sich ins Gras. »So. Also, erzählt ihr uns jetzt mal, was ihr in diesem Kristall gemacht habt? Ich rühre mich nicht von der Stelle, bis ich weiß, warum ihr drei euch so sehr gestritten habt, dass Sonja alles aufgibt, sogar sich selbst.«

»Elri, lass uns doch einfach nach ihr suchen«, sagte Lorin verzweifelt.
»Ich will's auch wissen«, sagte Melanie entschieden und ließ sich neben Elri nieder. »Irgendwas stimmt hier nicht. Ich weiß, dass sie dich gern hat. Und Nachtfrost sowieso. Sie würde euch niemals verlassen. Und sie würde Beyash auch niemals einfach so in den Bergen rumstreunen lassen, wo es Wölfe gibt und – äh – oh. 'tschuldigung, Elri.«
»Schon gut.« Elri grinste. »Ich würde Beyash schon nicht fressen. Viel zu zäh.«
Sie kicherten, aber dann wurden sie wieder ernst und schauten zu Lorin hoch. »Also?«
Lorin sagte gar nichts.
Lautlos trat Nachfrost zu ihm hin und berührte seine Schulter mit dem Maul. *Ich werde es ihnen sagen.*
Und er erzählte es ihnen. Nicht mit Worten, sondern mit Bildern. Wie zwei unsichtbare Schwalben schossen sie neben ihm her, als er mit Sonja und Lorin durch den Kristall galoppierte, und wie zwei Geister hockten sie auf seiner Mähne, als Sonja und Lorin das Buch der Enat zu lesen begannen und die Prophezeiung entdeckten.
Und so stumm wie Sonja und Lorin kehrten sie aus dem Kristall zurück. Melanie traute sich kaum, zu Lorin hinzuschauen, aber nach einigen Minuten brütenden Schweigens stand Elri auf und umarmte ihn. »Wir schaffen das«, sagte sie. »Egal, wie es ausgeht, wir kommen da heraus.«
Er drückte sie an sich, und Melanie dachte wieder einmal mit einem leisen Stich des Kummers darüber nach, dass sie keine Geschwister hatte und nicht wusste, wie man jemanden tröstet, der zu einem gehört. Und dann dachte sie, dass die ganze Geschichte ungerecht und gemein war und dass weder Lorin noch Sonja so etwas verdient hatten.

Elri stupste Lorins Nase mit ihrer eigenen an. »He«, sagte sie. »Ich glaube, ich muss mich erst mal an den Gedanken gewöhnen, dass mein kleiner Bruder sein eigener Vorfahr ist. Und meiner. Und außerdem ein Gott. Wie fühlt man sich denn so als Wolfsgott?«
»Er war ein Sterblicher«, wandte Lorin ein.
»Aber er bekam seine Macht von der Göttin. Also hast du diese Macht in dir – falls du es wirklich bist.« Sie musterte ihn eingehend. »Weißt du, ich bin ziemlich sicher, dass es noch mehr Jungen mit zerkratzten Gesichtern gibt. Und je länger ich darüber nachdenke, desto weniger göttlich kommst du mir vor. Ich weiß zum Beispiel noch genau, wie du mir die Zöpfe mit Baumharz verklebt –«
»Elri!« Er lachte halb gequält auf. »Das ist sechs Winter her!«
»Und außerdem«, fuhr sie unbeirrt fort, »ist der Name Lorin ganz schön häufig. Pah! Jede Tesca hat mindestens einen Bruder!«
»Und der Gefährte?«
Da wurde sie rot und ließ ihn los. »Darian ist nicht mein Gefährte. Das ist alles Unsinn. Der beste Beweis, dass du mit dem Wolfsgott überhaupt nichts zu tun hast.«
»Ich dachte, du magst ihn.«
»Sicher mag ich ihn. Ich werde eine treue Untertanin von König Darian sein, wenn es mal so weit ist.«
»Er mag dich aber auch«, sagte Melanie unvorsichtig.
Elri biss sich auf die Lippen und hob trotzig den Kopf. »Ich will euch mal was sagen. Rion hat mich gefragt, ob ich mir vorstellen könnte, mit ihm zusammenzuleben, wenn ich ein paar Jahre älter bin. Und Rion heißt nichts anderes als ›Wolf‹. Nichts mit ›Gefährte‹! Also hört jetzt auf mit dem Blödsinn und lasst uns Sonja suchen!«

Bevor sie noch antworten konnten, verwandelte sie sich und lief im Wolfsgalopp den Berg hinunter.
Melanie und Lorin sahen einander an. »Es wäre schön, wenn es so wäre«, sagte Lorin leise. »Aber sie hat etwas vergessen.« Er schaute zu Nachtfrost hin. »Sonja *ist* die Auserwählte der Göttin.«
Sie ließen das Amulett im Gras liegen. Sie mussten es einfach riskieren. Jetzt, da Melanie wusste, was die Auserwählte tun sollte, wäre sie lieber einem Würmermaul in den Rachen gesprungen, als dieses Ding anzufassen und von ihm als rechtmäßige Besitzerin anerkannt zu werden. Sie fingen Beyash und Iruko ein und ritten hinter Elri her in den Wald. Nachtfrost trabte frei und unglücklich neben ihnen her.

Nach der langen Zeit in den Bergen, der anstrengenden Flucht und der grausigen Nacht war der Wald der Tesca ein richtiges Paradies. Die Wärme der Sonne wurde von den Bäumen zu milder Frische gefiltert, der Schatten war kühl und angenehm, und überall zirpten Insekten und sangen Vögel. Nachtfrost und die Pferde trotteten schmale Pfade entlang, Elri lief voraus und schnupperte nach Spuren, und Melanie und Lorin schauten sich um. Ab und zu riefen sie Sonjas Namen, aber es kam keine Antwort.
Nach einer Weile kamen sie auf eine Lichtung. Lorin hielt Iruko an und sah sich um.
»Was ist?«, fragte Melanie. Sie war jetzt so müde, dass sie am liebsten sechs Wochen geschlafen hätte.
»Ich hoffe, dass keine Wurzler da sind.«
Wurzler! Mit einem Schlag war Melanie wieder wach, und ihr Herz klopfte hart gegen ihre Brust. Nervös schaute sie sich um. Im hohen Gras war nichts zu sehen, was einem

Wurzler glich, aber es gab ja auch kleine Wurzler ... Die stille Lichtung erschien ihr plötzlich gar nicht mehr friedlich.
»Dabei ist es so schön hier«, murmelte sie. »So stelle ich mir einen Einhornwald vor. Gibt es in Parva Einhornwälder, Nachtfrost?«
»Was ist ein Einhornwald?«, fragte Lorin.
»Ein Wald, in dem immer Sommer ist. Es wird nie kalt. Alle Tiere leben in Frieden und werden von dem Einhorn beschützt, bis es eines Tages merkt, dass es das letzte Einhorn auf der Welt ist. Es zieht fort, um seine Gefährten zu suchen, und der Wald wird ein ganz normaler Wald, ohne Zauber.«
*Das hier ist ein Koboldwald,* sagte Nachtfrost ziemlich schroff und trottete weiter.
»Und was ist ein Koboldwald?«
»Ungefähr das, was du eben beschrieben hast«, erwiderte Lorin mit einem halben Lachen. »Kobolde sind die Hüter des Waldes, so wie Gnome die Hüter der Erde sind. Sie sorgen für die Tiere, und nachts tanzen sie ...« Er verstummte und wurde blass. Nachtfrost hielt jäh an und drehte sich mit erhobenem Kopf und weiten Augen zu ihnen um.
»Was denn?«, fragte Melanie beunruhigt.
»Nachts tanzen sie auf den Bergen«, flüsterte Lorin. »Nachtfrost – würden sie –«
*Ja. Ganz bestimmt.*
»Aber wo –«
*Ich weiß nicht.*
»Könnt ihr mal aufhören, in abgebrochenen Sätzen zu reden?«, beschwerte sich Melanie. »Heißt das, ihr glaubt, dass diese Kobolde irgendwas mit Sonja gemacht haben? Wo sind sie?«

»Tagsüber schlafen sie«, sagte Lorin und schaute sich um, als ob er erwartete, dass jeden Moment ein schlafender Kobold aus dem Baum vor Irukos Hufe fiel. Als nichts dergleichen geschah, fuhr er fort: »Nachts tanzen sie in den Bergen. Unsere Mutter hat uns Geschichten darüber erzählt und uns davor gewarnt, die Kobolde zu suchen. Eigentlich tun sie nichts Böses. Sie tanzen im Licht der Göttin, und wenn man ihnen zu nahe kommt, verschwinden sie. Aber man hat von Leuten gehört, die in den Tanz hineingezogen wurden und – und nie wieder herauskamen.«
»Man hat auch schon von Leuten gehört, die in Abgründe zwischen den Welten fielen und trotzdem wieder rauskamen«, sagte Melanie wild. »Los, zurück auf den Berg!« Sie wendete Beyash und trieb ihn an. Überrascht galoppierte er los. Lorin trieb Iruko ebenfalls an, und Nachtfrost und Elri jagten hinter ihnen her.
Es dämmerte schon, als sie die Bergkuppe erreichten. Die sinkende Sonne tauchte das Sternrückengebirge in goldenes Licht, aber im Osten dahinter traf sie auf eine graue Wand, die durch nichts erhellt wurde. Melanie sprang von Beyashs Rücken. »Wo sollen wir uns verstecken?«
»Ich glaube, der Nebel ist näher gekommen«, murmelte Lorin besorgt und spähte in die Ferne.
»Ach was, das bildest du dir nur ein.« Sie führte Beyash den Abhang hinunter zum Weg, wo sie ihn am Mittag gefunden hatten, und ließ ihn dort laufen. Erfreut tauchte er die Nase ins Gras und fing an zu fressen. Iruko freute sich genauso. Selbst Nachtfrost kaute ein paar Maulvoll Gras, hob aber immer wieder unruhig den Kopf und schaute sich um. Melanie und Lorin setzten sich an den Abhang und schauten den Pferden beim Grasen zu. Elri warf sich hechelnd neben ihnen ins Gras und war im Nu eingeschlafen.

Und es dauerte nicht lange, da schliefen sie alle drei. Beyash und Iruko dösten im Stehen. Nur Nachtfrost hielt Wache.

Als sie aufwachten, war es dunkel. Über ihnen auf dem Berg flammte ein weißes Licht, und sie hörten Musik.
»Sie sind da«, flüsterte Melanie aufgeregt. »Wir schleichen uns an!«
Elri verwandelte sich zurück, und sie krochen wie Indianer den Abhang hinauf. Die Musik wurde immer lauter, ein fröhliches Stampfen und Singen, Flöten und Pfeifen in allen nur denkbaren Tonlagen. Melanie merkte, dass sie zitterte. Wenn Sonja nun gar nicht dabei war? Wenn sie sich alle geirrt hatten? Nicht einmal Nachtfrost wusste genau, was die Kobolde mit ihren Gefangenen anstellten, sodass sie vergaßen, wer sie waren.
Sie muss dabei sein, dachte Melanie und schickte den Gedanken als Beschwörung an jeden nur denkbaren Gott – Aruna, den Wolfsgott, sogar ihren eigenen. Um ganz sicherzugehen, fügte sie noch ein paar griechische Namen hinzu, an die sie sich vage erinnerte, und als sie sich gerade fragte, ob Diogenes nun ein Gott oder ein Philosoph war und in einer Tonne oder in einem Weinfass lebte, kamen sie oben an und sahen eine große Gruppe kleiner Leute durch das weiße Licht tanzen. Sie hatten bunte Haare und trugen bunte Nachthemden, und es sah lustig aus, wie sie da hüpften und sich drehten. Unwillkürlich summte Melanie die Melodie mit, bevor sie sich streng ermahnte, dass sie nicht zum Vergnügen hier war. Wo war Sonja?
»Könnt ihr sie sehen?«, flüsterte sie Elri und Lorin zu. Beide schüttelten den Kopf. »Sie hat bestimmt auch so ein albernes Nachthemd an«, flüsterte Melanie. »Ich hole sie da raus!«
»Warte!«, zischte Lorin, aber sie hörte nicht zu. Sie rappelte

sich auf und lief auf das Licht und die Tänzer zu. »Sonja!«, rief sie laut, und augenblicklich erlosch das Licht.
»Sonja!«, schrie Melanie noch einmal. Ganz leise hallte das Echo von den Bergen wider. Sie rannte vorwärts, aber da war niemand mehr, kein Licht, keine Tänzer, nur Gras, durch das der Wind strich.
Elri und Lorin holten sie ein. Stumm standen sie da und hörten dem Wind zu.
»So geht es offenbar nicht«, sagte Lorin endlich nüchtern, und Melanie war ihm dankbar, dass er ihr keine Vorwürfe machte. »Wir versuchen es morgen noch einmal.«

Am nächsten Tag war der Himmel grau und verhangen, und es wurde kühl. Sie versorgten die Pferde, sammelten ein paar spärliche Zweige für ihr Feuer und langweilten sich. Dabei war es eigentlich schön, zur Abwechslung mal nicht gejagt zu werden und so lange schlafen zu können, wie sie wollten. Elri streunte durch den Wald und brachte zwei erlegte Kaninchen, die Lorin kunstvoll ausnahm und am Feuer briet, während Melanie Hunger gegen Ekel abwog und der Hunger gewann.
Sie schmiedeten einen Plan für die folgende Nacht, und als es endlich dunkel wurde und das Licht auf dem Berg aufflammte, krochen sie den Abhang hinauf. Dann richtete Lorin sich auf und ging langsam und offen auf das Licht und die Tänzer zu. »Kobolde«, rief er, »lauft nicht weg, wir möchten mit euch reden –«
Das Licht ging aus, Musik und Gesang verstummten, die Tänzer waren fort.
»Ich glaube nicht, dass Sonja dabei ist«, meinte Elri, als sie sich bitter enttäuscht auf einen weiteren langweiligen Tag einrichteten. »So schnell kann sie nicht verschwinden!«

»Doch«, sagte Lorin. »Wenn die Kobolde sie verwandelt haben, dann geht das.«
»Aber dann finden wir sie nie! Wir erkennen sie ja nicht mal!«
»Wir versuchen es weiter«, sagte Melanie finster.
An diesem Tag beobachteten sie, wie der Nebel näher kam. Am Abend hatte er alle Berge im Osten verschluckt und kroch aus dem Tal zu ihnen hoch.
»Wenn es heute wieder nichts wird, müssen wir aufgeben«, sagte Elri.
»Nein!« Das kam von Melanie und Lorin gleichzeitig, und Melanie funkelte Elri an. »Das kommt nicht infrage!«
»Guck da runter«, sagte das Wolfsmädchen und zeigte auf den Nebel. »Heute müssen wir Beyash und Iruko anbinden, sonst laufen sie weg. Und was glaubst du, wie weit wir dann noch kommen, bevor der Nebel uns einholt?«
»Ist mir egal!«
»Mir aber nicht«, sagte Elri. »Ich möchte noch eine Weile am Leben bleiben.«
»Dann müssen wir Sonja eben heute Nacht da herausholen.«
Der Tag ging grau und diesig zu Ende, und sie legten sich wieder auf die Lauer. Inzwischen kannten sie alles schon. Die Tänzer erschienen aus dem Nichts, sobald das Licht erstrahlte, und sie begannen sofort zu tanzen. Nie bauten sie vorher irgendetwas auf, aber trotzdem stand da immer ein Tisch mit herrlich duftendem Essen, das den drei hungrigen Beobachtern das Wasser im Mund zusammenlaufen ließ. Leider war auch dieser Tisch jedes Mal genauso spurlos verschwunden wie die Tänzer selbst.
»Es ist so weit«, flüsterte Elri. »Diesmal –« Sie unterbrach sich.
Etwas wie ein flüchtiger Nebel waberte über der Tanzfläche,

und dann stand Nachtfrost dort, mitten zwischen den Tänzern. Schlagartig ging die Musik aus, die Tänzer rannten nach allen Seiten davon in die Dunkelheit, und Nachtfrost bäumte sich auf und wieherte so laut, dass es endlos von den Bergen widerzuhallen schien. *Bleibt stehen!*, donnerte seine Geiststimme, und Melanie erinnerte sich an den Tag, als Nachtfrost die Hexe Asarié für ihren Verrat bestraft hatte. Die gleiche Macht und der gleiche Zorn lag jetzt in seiner Stimme.

Die Kobolde blieben stehen und drehten sich zu ihm um.

»Was willst du?«, quäkte einer von ihnen.

*Gebt Sonja heraus.*

Melanie, Elri und Lorin krochen vorsichtig näher, aber keiner der Kobolde bemerkte sie. Sie hatten nur Augen für das gewaltige schwarze Einhorn im Lichtkreis der Göttin.

»Wer ist Sonja?«, fragte einer verwirrt.

Melanie wurde es übel. Sie kennen sie nicht, dachte sie verzweifelt. Sie ist nicht hier!

*Sie erinnert sich nicht*, sagte Nachtfrost mit einer viel sanfteren Stimme. *Aber sie ist die Auserwählte der Göttin. Sie und ich sind verbunden.*

»Davon weiß sie aber nichts«, sagte ein anderer Kobold. »Sie gehört jetzt zu uns!«

*Nein*, erwiderte Nachtfrost. *Sie ist ein Mensch und kann nicht zum Kobold werden. Es ist grausam, ihr das anzutun.*

»Es ist auch grausam, sie zu zwingen, die Verantwortung für ein ganzes Land zu übernehmen.« Das war wieder ein anderer Kobold, und Nachtfrost drehte sich halb zu ihm um. »Bei uns ist sie sicherer als bei dir!«

*Ist sie das wirklich? Der Nebel kommt. Nach dieser Nacht wird es auf diesem Berg keine Tänze mehr geben. Auch euer Wald ist keine Zuflucht mehr.*

Darauf antwortete niemand. Die Kobolde wichen in die Dunkelheit zurück. Nur einer blieb stehen. War das Sonja? Wenn sie es war, unterschied sie sich in nichts von den anderen. Die Haare waren bunt und wirr wie das absurde Gewand, das sie trug.

»Schau«, wisperte Elri und zupfte Melanie am Arm. »Dahinten!«

Melanie blickte in die Richtung, die das Wolfsmädchen ihr wies. Am äußersten Rand des Lichtscheins quoll grauer Nebel auf. »Nein«, flüsterte sie entsetzt.

»Wir müssen weg!«, flüsterte Elri.

»Was bietest du ihr denn?«, schrie eine Stimme aus der Dunkelheit. »Wir bieten Tanz und Frieden. Was kannst du ihr schon geben außer scheußlichen Dingen?«

Nachtfrost senkte langsam den Kopf. Der Nebel kroch von hinten an ihn heran, aber er schien es nicht zu merken.

*Mich,* sagte er.

Der Kobold, der allein im Licht stand, blickte auf und schaute sich im Kreis um, als ob er gerade erst aufwachte. Es war kein Kobold. Es war Sonja. »Ich erinnere mich …«, sagte sie leise, wie erstaunt, und mit einem Jammerlaut flohen die Kobolde zurück in den Wald und waren verschwunden.

»Großartig«, sagte Elri und richtete sich auf. »Und jetzt nichts wie weg hier!«

Sonja schrak zusammen und wich instinktiv zurück, aber dann erkannte sie Elri. Und Melanie. Und Lorin. Sie erinnerte sich … an alles. Und beinahe wäre sie den Kobolden doch noch in den Wald gefolgt.

Aber da wieherten Beyash und Iruko und hasteten den Abhang hinauf, so schnell ihre Beinfesseln es erlaubten. Lorin packte Irukos Zügel und hielt das scheuende Pferd fest, während er die Fessel einfach durchschnitt. »Wir sind eingeschlossen«, sagte er mit rauer Stimme, und noch während er sprach, wallte der Nebel hoch um sie auf, eine giftige und zähe Wolke, und das Licht der Göttin begann zu erlöschen.

*Melanie,* sagte Nachtfrost. *Benutze den Spiegel. Nimm Beyash und reite über den Geisterweg. Beeil dich!*

»Welchen –« Dann erinnerte sie sich. Der Spiegel! Ganna hatte ihr eine Spiegelscherbe gegeben! Aber konnte sie damit wirklich auch Beyash retten?

*Beeil dich.* Der Nebel versengte ihm die Fessel, und er zuckte zusammen.

Und sie hörten ein Geräusch, bei denen ihnen allen das Herz stockte: das Blubbern und Gleiten eines Würmermauls, das sich den Abhang hinaufschob. Elri verwandelte sich und verkroch sich mit eingezogenem Schwanz unter Nachtfrosts Bauch.

»Aber was ist mit euch?«, schrie Melanie.

*Wir kommen nach,* sagte Nachtfrost ganz ruhig, obwohl sein Fell schweißnass glänzte. *Schnell!*

Sie hatten keine Wahl. Melanie gab Lorin den Spiegel, und er hielt ihn hoch. Melanie schwang sich auf Beyashs Rücken, trieb den scheuenden Rotfuchs vorwärts und berührte die glänzende Scherbe. Etwas wie ein Tor öffnete sich, und sie sprangen nach vorne ins Nichts.

# Ben bekommt Besuch

Die Feuerwehr, die Polizei- und Krankenwagen, die vielen Journalisten, Neugierigen und Schaulustigen waren endlich weg. Ben wusste nicht, wie oft er den Leuten, die nicht dabei gewesen waren, versichert hatte, dass hier lediglich ein Film gedreht worden sei – »so ein Computerteil mit vielen Masken und tollen Effekten«. Denen, die dabei gewesen waren, konnte er so etwas nicht erzählen, die hatten zu viel gesehen. Aber er konnte darauf hoffen, dass sich die menschliche Natur durchsetzte, die alles Mystische und Unverständliche irgendwie zu erklären versuchte und dabei vor den absurdesten Hirngespinsten nicht zurückschreckte. Solange sie nicht glauben mussten, dass ein leibhaftiger Dämon Gut Stettenbach heimgesucht hatte, waren sie in ihren Köpfen in Sicherheit, und er konnte sich endlich wieder um seine Arbeit kümmern.

Er mistete die Ställe aus, brachte die Stuten auf die Weide und holte Santana für eine Longenstunde in die Reithalle.

Santana lief gerade brav zum siebenundzwanzigsten Mal um ihn herum, als ein zottiges braunes Pferd mit Melanie auf dem Rücken mit einem Riesensatz aus dem Reithallenspiegel sprang und im braunen Sand landete.

Santana scheute mit einem ebenfalls riesigen Satz zur Seite und riss Ben die Longe aus den Händen. Er raste durch die Halle, bockte und keilte aus, und es half ihm überhaupt nicht, dass plötzlich ein weiteres Pferd und ein riesiges schwarz-silbernes Einhorn aus dem Nichts mitten in der

Halle auftauchten. Auf dem Rücken des Pferdes saß ein grauhäutiger Junge, auf dem des Einhorns ein ziemlich blasses Mädchen, das einen völlig verschreckten schwarzen Wolf festhielt, der mehr hing als saß.

Ben fluchte. »Habt ihr den Verstand verloren, uns so zu erschrecken?«

»Tut uns leid, aber wir hatten es eilig«, entschuldigte sich Melanie. Er erkannte sie kaum, so dreckig und abgerissen sah sie aus. Aber Sonja war noch schlimmer dran: erbarmungswürdig dünn, in einem scheußlichen Gewand, hohlwangig und offensichtlich völlig erschöpft.

»Schon gut«, sagte Ben und atmete tief durch. »Willkommen zurück. Stellt die Pferde und Nachtfrost in die freien Boxen draußen. Und wer sind die beiden da?«

»Lorin und Elri.« Sonja gab der schwarzen Wölfin einen Schubs, und sie rutschte von Nachtfrosts Rücken und landete mit einem Winseln im Sand.

»Wo sind wir hier?«, fragte der Junge, der sich mit aufgerissenen Augen umsah.

»In Sicherheit«, antwortete Melanie. »Das da ist Ben. Ben, wir mussten sie mitbringen, da war –«

»Später«, unterbrach Ben sie barsch. »Raus mit euch! Versorgt die Pferde und wascht euch! Danach gibt es was zu essen, und dann könnt ihr mich totquatschen. Raus!«

Sie flüchteten aus der Halle. Ben seufzte tief und wandte sich dem völlig verängstigten Fuchshengst zu, der zitternd und mit rollenden Augen in einer Ecke stand und nicht wusste, wohin er zuerst rennen sollte.

»Na komm, mein Junge«, sagte der Beobachter mit sanfter, tiefer Stimme. »Kein Grund, sich so aufzuregen. Sie sind wieder zu Hause, das ist alles. Es ist alles in bester Ordnung.«

# Phantastische Abenteuer

Astrid Vollenbruch
**Einhornzauber – Über die Nebelbrücke**
€ 9,95; €/A 10,30; sFr 18,–
ISBN 978-3-440-10846-8

Als Sonja mit dem fremden Pferd, das sie im Wald gefunden hat, in den Nebel fliegt, ahnt sie noch nicht, dass von nun an nichts mehr so sein wird wie zuvor. Sobald sich der Nebel lichtet, reitet sie auf einem phantastischen Einhorn in eine andere Welt.

Astrid Vollenbruch
**Einhornzauber – Die weißen Schwestern**
€ 9,95; €/A 10,30; sFr 18,–
ISBN 978-3-440-10847-5

Eigentlich wollte Sonja nur dem Jungen Darian helfen, ein magisches Amulett in das Zauberland Parva zu bringen. Doch plötzlich ist sie selbst die Auserwählte. Und Nachtfrost, das schwarze Einhorn, das allein den Weg nach Parva kennt, ist verschwunden ...

Preisänderung vorbehalten

**www.kosmos.de**

KOSMOS

NAYIGA
ISS
DUNARTAN
Ava
P
ELDIA
Nepe
A
ALDUAS
Teshante
TESC
Winterlager
Chiarron
Kristall-
wald
DUNTALYE
Elarim
Pilzwald
N
NEBELMEER
[DAS VERSUNKENE
W
O
S